こっちへお入り

平 安寿子

目次

その1 ポンポコピーのポンポコナー

しばらくの間、お付き合い願います。すぐ終わります。もう少しの辛抱ですから、お互いに頑張りましょう——。

1

これと同じ台詞《せりふ》を聞いたのは、確か、二十六歳のときだった。

吉田江利《よしだえり》はあくびを嚙《か》み殺しながら、そんなことを思い出していた。

中堅どころの飲料メーカーに入社三年目のあの頃。営業補佐のOLとして仕事に慣れた分だけ緊張感が薄れ、面白味をみつけられない毎日でくすぶっていた。そんなとき、大学時代付き合っていた男が結婚したと、風の便りに聞かされた。

瞬間、ムカッときた。未練など小指の先ほどもなかったのに、たった今捨てられたような口惜《くや》しさで胸が焼ける。そう感じる自分が惨《みじ》めで、二重にやりきれない。どうにもたまらず、行きつけのバーで飲んだくれていたら、顔なじみの男に口説《くど》かれた。

どん詰まりの夜なんだろう。俺もそうだよ。だから、慰め合おうよ。二時間だけ付き合ってくれ。迷惑はかけない。すぐ終わるから……。

あれ、本当にすぐ終わったなあ。

でも、その後、彼の顔を見ると恥ずかしさや情けなさがこみあげてくるので、馴染《なじ》んでいたバーから足が遠のいた。一夜限りと割り切っても、泥酔していても、やっちまえば記憶が残る。付き合いセックスはするもんじゃないと、七年前のあの経験で江利は胸に刻んだ。刻んだわりに、身にしみてないけど。

さて一方、すぐ終わるからご辛抱をとの挨拶《あいさつ》で始まった友美《ともみ》の素人《しろうと》落語のほうは、なかなか終わらない。

「こんちょうはどふうはげしゅうして、しょうしゃがんにゅうし、ほこうなりがたしと、こう来たね。へえ、その人、ニッポン人ですかい」

二段ほどの階段を備えたステージの中央に、緋毛氈《ひもうせん》でくるんだ高さ三十センチくらいの台がある。背後に少々くたびれた金屏風《びょうぶ》を立て、紫の座布団を据《す》えたそこが高座《こうざ》というもので、今しも綸子《りんず》の着物を着た友美が右や左を向きながら、何かに追い立てられるような早口でしゃべっている。

演者の名を示すめくりには、墨痕《ぼっこん》鮮やかに『ラブ亭《てい》ミー坊《ぼう》』。友美が自分でつけたというが、色物《いろもの》系のAV女優みたいで、どうにもいただけない。とはいえ、病院付きのケースワーカーというシリアスな仕事をしている友美の「弾《はじ》けたい」気分がこんな形で噴出しているのかと思うと、センスの悪さも笑って許せる。だが、肝心の落語のほうは……。

言葉遣《づか》いがやたら丁寧《ていねい》な女と、長屋住まいの八五郎《はちごろう》が夫婦になる。その対比が笑わせどころと、事前に友美にレクチャーされた。

丁寧な言葉遣いといっても漢語や古語を仰々《ぎょうぎょう》しく並べる珍妙なもので、それ自体がおかしいのよ。ちょっと聞いて。

我が母が三十三歳のおり、丹頂《たんちょう》の鶴を夢見、わらわを孕《はら》めるがゆえに、垂乳根《たらちね》の母の胎内よりいでしときは鶴女《つるじょ》鶴女と申せしが、これは幼名——。

カフェの片隅で軽くおさらいするのを聞いたときは、「へー、やるじゃない」と感心してみせた。「面白そうね」と、迎合もした。

でも、それは例えば英会話教室に行っている人がぺらぺらしゃべるのを聞くのと同じ感覚だ。はいはい、よくできました、あんたはエライとほめてやるのは、友達のたしなみというものである。

いや、ものが英会話なら、やっかみも含めて本当に感心したことだろう。英語はできて当たり前みたいな世の中になりつつある昨今、しゃべれないのはコンプレックスだ。

それに引き替え、落語はねえ。

英語と落語じゃ、一字違いの大違い。英語ができれば海外旅行もドンと来いだが、落語なんか覚えたところで何の役に立つっての。「てやんでえ。べらぼうめ」なんて言葉を使う状況があるわけじゃなし。

落語が立派な芸だというのは、わかってますよ。テレビでたまに見る本物の落語は、確かに笑えます。だから、こうして客席にじっと座って、今か今かと待ち構えているのに、笑えるポイントがないんだから困っちゃう。

江利は、決して口に出すまいと戒《いまし》めていることを頭の中で言った。

要するに下手《へた》なのよね。演技力不足よ。お鶴さんも八五郎もご隠居さんも、みんな同じ調子じゃあねえ。お鶴さんは浮世離れの極致みたいなお嬢さんなんだから、もっとゆっくりしゃべるとか工夫しないと。

ま、素人だから、しょうがない。ピアノ教室の発表会で、三歳児のたどたどしい『アマリリス』を聴くようなものだ。下手なところが「可愛い」と微笑《ほほえ》ましく見ていられるのも、家族や友達なればこそ。

お互い、なんて優しい心の持ち主なんでしょうねえ。

江利は作り笑いを浮かべたまま、さりげなく周囲を見回し、客仲間に心で呼びかけた。

『女ばかりの落語会　笑って元気になりましょー』は、自治体が運営する女性教育センターの最上階にある多目的ホールで開催されている。落語教室はセンターの事業なので、演《や》るのも見るのも無料である。

次々と受講生が熱演するステージに向かってパイプ椅子《いす》がおよそ三十並べてあるが、座っている客は全部で六人だ。入口で渡されたプログラムによると、演者は七人。一人が一人、観客を呼んだとしても数が足りない。受講生の中には、家族や知り合いに見られたくない人がいるらしい。

もっとも、友美のように家族が遠く離れて住んでおり「お稽古《けいこ》ごとの発表会のために、新幹線に乗って泊まりがけで来てなんて、言えないじゃない。費用こっちもちにするほど余裕ないし。でも、客席に誰もいないのは、寂《さび》しいのよね。だから、お願い」と、大学時代からの親友の江利を駆《か》り出す「恥ずかしいけど、でも、見てほしい」者もいる。

「土曜の夜だけどさ。どうせ、暇《ひま》でしょう」

頼んでおきながら、友美は思いやりのないことを言った。

えーえー、どうせ、暇ですよ。土曜の夜に熱く燃えるお相手がいないもんでね。三十三の女盛りだってのに、もったいない——と、心中深く嘆《なげ》いていたら、

「新たな出会いがあるかもしれないし」

見え透《す》いた餌《えさ》を投げてきた。

加えて、ケースワーカーは患者と外部施設をつなぐ役割で走り回っているせいか、医者や看護師との接点があまりない。だから、江利より他にこんなことを頼める友達がいないのだと、しんみり言う。これでは、断れない。

まあ、いいや。こうして恩を売っておけば、何かのときに頼み事をしやすくなる。世の中、持ちつ持たれつだ。

2

とはいうものの、若干《じゃっかん》の期待はあった。無論「新たな出会い」方面にである。

だが、男性客は二人ほどで、どちらも六十を過ぎていた。おばさん受講生のご亭主たちだろう。デジカメを構えているところが、微笑ましくもバカバカしい。

「飯を食うのが、きょうこうきんげん。じゃあ、酒を飲んだら、よってくだんのごとしか」

そこまで言うと、友美は両手をついて深々と頭を下げた。ぱらぱらと拍手がある。あわてて手を叩きながら、江利は今の言葉を頭の中で繰り返した。意味がわからない。あれが、いわゆる落ちってやつ？

続いて、また一人、見たところ六十そこそこのおばさんが現れた。扇子《せんす》と手拭《てぬぐ》いを座布団の前に置き、頭を下げて、また「しばらくの間、お付き合いを願います」

これ、決まり文句なのかしら。確かに「願って」くれなきゃ、とてもじゃないが、付き合いきれない。だが、今度の人は口跡《こうせき》がいい分、友美より数段うまく聞こえる。

この人で五人目だ。一人が二十分はしゃべるから、すでに一時間以上経っている。友美の出番の間中は下手の退屈のと文句を垂《た》れたが、他の人たちはところどころ面白い。おしなべて、一生懸命なのが如実《にょじつ》にわかる。そのため妙なサービス精神が働いて、笑いどころを探りつつ聞くせいか、かなり疲れてきた。まこと、「お互いに頑張りましょう」だ。

だが、このおばさんは、せっかちな男と超のんびり男のかけあいをかなりうまくこなした。せっかち男が前のめりになり「こうできねえかい、こうよお」と、キセルに見立てた扇子をばしばし手の平に叩きつけるイライラ描写には、思わず本気で笑った。めくりを見ると『やど家《や》おかね』とある。

もうひとり、素人離れしていたのが、友美の前にやった『桜家《さくらや》チェリー』なるおばさんだ。

演じたのは、家宝の皿を割ったかどで手打ちにされ、井戸に放り込まれたお菊《きく》さんが夜な夜な幽霊になって現れる『皿屋敷《さらやしき》』だ。有名な怪談が落語になると、幽霊が美人なので見物人が詰めかけ、お菊さんもお化けながらいい気になって、野次馬に「いらっしゃい」なんぞと媚《こび》を売るという具合にひねりが利《き》いている。

チェリーさんは四十がらみだが、薄紫の着物で膝立ちをし、両手を垂らした姿がなかなか色っぽかった。見物人の男を演じる際も、男声を作るのではなく、歯切れのよさで威勢がいいだけの軽薄な若造の感じを出していた。江利が、友美のを「どの人物も同じ調子でしゃべるから対比が出ず、全体が平板。つまり下手」と断じたのは、チェリーさんのを聞いた後だからかもしれない。

友美によると、この会は発足まる三年になるそうだ。おかねさんやチェリーさんは、いわば一期生なのだろう。友美は一年目で、発表会に出るのは二度目。ということは、落語も英語同様、しっかりお勉強すれば上達するものなのかしら。

ちょっと見直していると、最後の一人が出囃子《でばやし》にのって高座に上がった。

砂色の着物に焦《こ》げ茶の袴《はかま》をはいた中肉中背の男で、高座名は『桜家楽笑《さくらやらくしょう》』。今日の演者たちの師匠、かたく言うなら「女性のための生涯学習・落語教室・講師」である。

普段は一部上場企業の中間管理職だが、大学の落語研究会出身で、ボランティアで慰問落語会などの活動を続けているという。さすがに開口一番から、声の張りが違った。

出張した際の出来事をさらっと話して軽く笑わせてから、長屋の男連中が気取り屋の若旦那に腐った豆腐を食べさせる噺《はなし》を聞かせた。

どことといって特徴のない顔立ちだが、表情が豊かで顔がゴムのように伸び縮みする。大の男が、ぬか味噌《みそ》に手を入れて古漬けを取り出す役目を押しつけ合う。その言い訳が面白く、言って返しての弾《はず》むテンポが快《こころよ》い。スピード感があるが、友美の早口しゃべりとまったく違う。

どこがどう違うのかわからないが、そんな分析をする暇はなかった。いつのまにか、頭が彼の動きとしゃべりに集中していく。

右手に持った白扇《はくせん》を一振りで半開きにし、それで口元を隠して、やや斜めに構える。それだけでキザな若旦那の登場だ。顔の下半分が見えなくても、眉と目尻の下がりっぷりでおおいにニヤケているのがわかる。その顔だけで、笑えた。

「おんや、ま~あ、こんつぅわ」

扇子を下ろしてふっと右を向くと、もう人物が変わっている。若旦那の様子に虫酸《むしず》が走るといった顔でひとつ唾《つば》を飲み込んで、やや左横を向き「こんつわときなすったよ、おい。まあ、ちょっと我慢してろい。任しておきなって」

そこから、町内の若い者のリーダー格と若旦那の掛け合いだ。荒っぽい職人言葉と、なよなよした気取り屋の言葉が、一人の人間の口から次々飛び出す。先ほどのおかねさんのせっかちとのんびりのコントラストもなかなかのものだったが、やはり年季が違う。ただ言葉のやりとりだけでなく、表情の違い、変化が目覚ましい。

お笑いといって江利が思い浮かべるのは、テレビのバラエティ番組で見る二人組のコントがせいぜい。落語というものがこの世にあるのを知ってはいたが、生《なま》でまともに見るのは初めてだ。

へえ、笑えるものなんだなあ。おかねさんやチェリーさんでも笑ったが、楽笑は段違いだ。おかしみが途切《とぎ》れる間がない。

今度ばかりは、たった六人の客が全員笑い転げている。うまいもんだ。これで、アマチュアなのか。プロになっても食えそうなのに。

江利はしまいに、そこまで思った。

腐《くさ》った豆腐を食べさせられ、四苦八苦して飲み込む百面相がまた面白い。よくこんなに顔の筋肉が動くと思う。同じ人間と思えない。トントンと弾む調子から一拍おいて、

「酢豆腐は一口に限ります」

おっとり言うと笑顔になり、ゆっくり頭を下げた。

あー、きれいに着地した。いつのまにか彼のリズムに巻き込まれていたらしく、これで

終わりとすっと腑《ふ》に落ちる。聞き手として、自然に拍手ができた。この人の落語なら、もっと聞きたいな。そう思った。

3

楽笑が高座を下りると同時に、ステージ下にパーテーションを立てて作った臨時の控え室から、私服に着替えた受講生たちがばらばらと出てきた。セーターにジーンズの友美も飛び出してきて、「ありがとー」と江利に抱きついた。

「なかなか、よかったよ」

見え見えの社交辞令だが、いまだ興奮の中にいる友美は気にしない。

「あがっちゃって、だいぶ間違えたのよ」

「間違えたなんて、わからなかった。一度もつっかえなかったじゃない。あれだけしゃべれたら、たいしたもんよ」

これは本音だ。下手だなんだと批判はしたが、一段高いところで、少ないとはいえ自分を注視している人に向かって二十分もしゃべるなんて、江利には考えられない。

江利が人前でしゃべった経験と言えば、結婚式のスピーチが二回、あとは大学生を集めた会社説明会の案内役だが、どちらも何度も書き直した原稿を見ながらなのに、すごくあがった。そのせいか、聞き手の反応はないに等しく、あとでかなりヘコんだ。

人前でしゃべるからには、一心に聞いてほしかった。そして、ウケたかった。でも、ダメだった。

その記憶があるから、もう、あんなことはこりごりだと思っている。下手くそなのに、演じきった興奮状態で幸せそうな友美の図太さは、ある意味、羨《うらや》ましい。

「わたしには、とてもできないなあ」

「できますよ」

答えたのは、これもセーターに着替えた楽笑だった。眼鏡をかけているせいか、先ほどとまったく雰囲気が違う。どう見ても、平凡な中年男だ。

「みんな、最初はできなかった。でも、ここまでになったんです」

「そうよ。わたしだって、前は座っただけで頭真っ白になって絶句したもんだけど、今日は間違えても、なんとか続けられたもの」と、友美。

「場数踏むことの大事さがわかったでしょう」

「ほんとですねえ。自分でもビックリしてます」

楽笑の言葉に答える友美の目が潤《うる》んでいる。江利は思わず「ほ」の形に口を開いた。友美がこんな顔をするのは、相手に惚《ほ》れているときだ。

ほっほぉ、こいつに？

その思い入れで、楽笑を見直してみた。

やっぱり、限りなく普通である。それなのに、彼のもとに受講生がわらわらと集まってきた。なにしろ『女ばかりの落語会』で、そこにいる男は彼一人だ（二人いた亭主たちはどこに消えたか、姿が見えない）。この状態を「モテている」と称するのは無理があるかもしれないが、生徒たちの彼を見る目には友美同様の熱いものがある。

先生って、つい憧れちゃうものよね。女は、教え導いてくれる人に弱いもの。

江利はよそながら、彼女たちの気持ちを理解した。

「わたしも、自分がこんなことやるなんて、思ってもみなかった」

受講生の輪からはずれた所で、夢から覚めたような顔でそう呟《つぶや》いたのは、見るからに地味でおとなしそうな五十半ばとおぼしきおばさんだ。

人の歳を若く見積もっておだてる方法をとんちんかんに展開するあわて者の話をやったが、一本調子で、覚えたことを口に出すだけで精一杯の感が強く、見ているこっちが緊張したほどだ。

高座名は『やっ亭《てぃ》ごらん』。自分でつけてと言われたが何も思い浮かばないので、苦しまぎれに、楽笑の最初のアドバイスを流用したそうだ。

お稽古ごとを続けられるのは、上達する人と決まっている。小さいときの水泳教室からごく最近の英会話教室まで、江利もいろいろ経験しているが、うまくならない生徒はやめていく。江利は、その典型だった。ごらんさんも「わたし、もう、これが最後かも」なんて言っている。

「そう言いながら、米朝《べいちょう》さんや円生《えんしょう》さんの本、いつも読んでますよね。ごらんさんは、理論派で勉強家なんですよ」

江利にそう説明するのは、チェリーさんだ。言いながら、楽笑に車のキーを渡している。楽笑は受け取りつつ、目を生徒たちに向けて言った。

「みなさん、よくなってますよ。僕も教え甲斐《がい》があります。教え甲斐どころか、生き甲斐まで感じてます」

まあ、お上手《じょうず》だこと。さすが、一流企業の管理職。腐っても、落研《おちけん》出身。

江利は冷やかし気味に、心の中で揶揄《やゆ》した。それでも、口は勝手にお世辞《せじ》を連発する。

「ほんとに感心しました。着物着て、あんなに長いこと正座してしびれを切らさないというだけで、わたしなんか、すごいと思っちゃう」

「それが大丈夫なんですよね。わたし、これやるんで、成人式以来初めて着物着るようになったんだけど」

今度は、やせぎす、ショートカットの三十代前半らしい受講生が口を出した。

いかり肩のせいか着物姿に色気がないが、さばさばした物言いでちゃっかりした廓女《くるわじょ》郎《ろう》の噺をテキパキ演じた。高座名は、『野《の》ばら亭《てい》すみれ』。ボーイッシュな外見とうらはらに、心はめちゃめちゃ少女趣味とみえる。

「足のしびれ、心配だったけど、一回目から大丈夫だった。あっち向いたりこっち向いたり、歩く真似《まね》したり、けっこう動くからかな」

へえ、そうなの。

江利も三十になったとき、着物に凝《こ》ったことがある。凝ったと言っても母親の古着を着てみただけのことだが、動機の底を探れば、三十になったからには大人の女らしくしたいという願望というか、あせりのようなものがあった。

結婚もせず三十過ぎるからには、二十代とはっきり違う、ひとつ上の自分を演出したかった。着物は「ひとつ上」の代表格に思えた。

着物の不思議なところは、必ず「自分で着たの？」と訊《き》かれるところだ。そうだと答えると感心される。江利も着付けの面倒くささで避けていたのだが、料亭で働いていた伯母に教えてもらい、何度か練習するうちに、できるようになった。

考えてみれば、昔の女たちが日常的にやっていたことだ。さほど難しいものではない。それでも「すごいね」と言われる。「きれいね」とまで言われる。きれいなのは着物で着ている本体のことではないようだが、洋服のときは耳にしたことのない言葉だ。大変、嬉しい。

ところが、着ていく機会が滅多《めった》にない。着付けを覚えても着慣れないと、やはり肩が張る。脱ぎ着が面倒、しまうのも面倒。それに、正座すると五分ともたずに足がしびれるのがネックになり、着物熱は一年で終わった。なにより、三十過ぎたら三十代でいることに馴れてしまい、あせりが雲散霧消《うんさんむしょう》した。

頑張って大人の女ぶったって、しょうがない。わたしゃ、相変わらずバカです。子供です。大人のふりなんか、もう、しません。できないもん。できないことは、しないんだ。時間の無駄だ。そう居直れたとき、成長したと感じた。三十代いいじゃんと、安心した。

ところが、安心した途端に、地滑《じすべ》りが始まった……。

「みなさん、舞台片付ける前に写真撮《と》りましょう」

チェリーさんの呼びかけで、友美たちが楽笑を中心にして並んだ。弾き出された江利は、なんとなくステージに上がった。客席に目を移すと、記念撮影を終えた受講生たちがパイプ椅子の片付けに取り掛かるのが見えた。

あ、なんか、気持ちいい。

この視点、新鮮だ。

ステージに上がったのなんか、小学校の学芸会以来だ。中学から大学までの学校祭は、教室での展示発表や模擬店の売り子ばかりだった。

目の前の高座を見つめた。ここに上がるって、どんな感じなんだろう。気にはなるが、ためらっていると、考えを読んだように楽笑が横に来て「ちょっと座ってみませんか」と誘った。

「えー、でも」

「なかなか気持ちのいいもんですよ」

「――じゃ、ちょっと」

スニーカーを脱いで、座布団に正座してみた。これから何かするわけでもないのに、なぜか照れくさい。椅子を片付けていた友美が手を振る。反射的に手を振り返したが、恥ずかしくなるばかりなので急いで下りた。

4

結局、江利は近くの居酒屋で行われた打ち上げまで付き合った。引き上げ時を迷っているうちに、背中を押されて連行されたのだ。

そこへの道々、友美から聞いた話によると、チェリーさんは楽笑の奥さんだそうだ。落研の後輩で、教わっているうちに結婚とあいなったらしい。うーむ。やはり、教え導かれているうちに、手に落ちた口か。そして、会社の仕事で出張が多い楽笑のかわりに、師範代として教えているという。頭ひとつ抜けたうまさは、やはり経験の差だったのか。

受講生のご亭主たちも、楽笑と一緒に後から合流した。金屏風やめくりなどの高座道具は楽笑の私物で、自前のワゴン車に積み込むのを手伝っていたようだ。

楽笑とチェリーさんはこのワゴン車で、老人ホーム慰問やお祭りのイベントなどに出張出演するそうだ。かつての落研仲間で、社会人になってもずっと二足のわらじで芸を磨《みが》いている友人たちと組んで出かけることもある。

アマチュアとはいえ、お座敷がかかるのは福祉施設や病院慰問といったボランティア方面だけではない。「みんなで町作り」とか「環境を守ろう」とか「一人親家庭の助け合い」とか、さまざまな市民グループが行うイベントへの出演依頼が引きもきらないそうだ。

社会的なメッセージを発信するための集《つど》いというと堅苦しいイメージで、人の足が集まりにくい。そこで、落語もあります、笑えますよ、しかもただですというと、それじゃあ暇つぶしに行ってみようかと、こうなる。ボランティア落語家なら、お車代と食事の提供くらいで来てくれる。高いギャラを払わずにすむ。万々歳。

かくて、毎週どこかで落語をやっているというくらいの忙しさらしい。

江利は驚いた。

市民グループが、しょっちゅうイベントをやっていること。そこでは、落語が呼び物であること。どちらも、まったく知らなかった。

世の中の人はそんなに、落語を聞きたいと思っているの？

もっとも楽笑の落語は、江利も「もっと聞きたい」と思った。彼なら地元にファンがいるだろうから、立派に人寄せパンダの役を果たすだろう。

平日はサラリーマン、週末は落語。それでは休む暇がない。しかし、楽笑は依頼を断らないという。

「高座が僕のストレス解消法ですから」

そりゃ、そうかも。江利は頷《うなず》いた。職場でイヤなことがあっても、人を笑わせるようにできている噺をあんな風に演じられたら、自然と乗り越えられるだろう。気分転換には、効《き》きそうだ。

気分転換ねえ。気分転換。あー、長いこと、転換してないなあ。というか、できてない。ゆっくり、ズルズル、日常の「しなければならないこと」に押し流されるばかりで、近頃では泣ける映画を見ても、客席総立ちのライブに行っても、たいして感動しない。

だが、それらはすべて受け身の立場だった。仕事以外で、何かを「やる」側に回ったことはない。考えたこともなかった。習いごとは長続きした例《ためし》がないので、飽《あ》きっぽい性格の自分に忸怩《じくじ》たる思いがある。

江利は、一様に赤い顔でキャーキャーしゃべっている女たちを盗み見た。

普通の、それもどちらかというと、ダサめのおねえさん、おばさんたちだ。落語をやっているなんて聞いたらびっくりするような、地味な素顔ばかり。

ごらんさんも言っていた。わたしがこんなことやるなんて、思ってもみなかった……。

「だけど、覚えるのに時間かかるでしょう。大変だなあ」

誰にともなく言うと、チェリーさんが答えた。

「発表会は年二回だから、ひとつの噺に半年かけるんです。覚えられますよ。おかねさんなんか、もっと早いよね。自分でレパートリー、どんどん増やしてるじゃない」

「わたしは、自前で独演会やってますから」

白髪混じりの髪をお団子にし、若々しいブラウスにパンツスタイルのおかねさんは、素《す》に戻っても高座同様、一際《ひときわ》明るい雰囲気を振りまいている。ご主人と二人で切り盛りしている旅館で、泊まり客を相手に一席うかがっているそうだ。

「なんか華やかなのは、職業柄なんですね」

江利が納得していると「女将《おかみ》といっても、豪華な温泉宿みたいなの想像しないでね。サラリーマンが出張費用を浮かせるのに利用する安宿だってば」と、目を細くして笑った。

「うちは部屋にインターネット環境どころか、テレビを置く余裕もないもんでね。食後の暇つぶしに、ちょっと聞いてみてくださいって感じでやるんですよ。これがけっこうウケるもんで、嬉しくて」

旅館組合や町内会の会合でもやるという。

「嬉しいから、もっとやってみようと思うのよね。で、台所にいても、洗濯物干《ほ》してても、気がつくと上下《かみしも》つけて振りつけて、声に出してお稽古してるんですよ」

「上下？」

知らない言葉をオウム返しにすると、横から友美が「舞台の上手下手《かみてしもて》っていうでしょう。あれよ」と、口を添えた。

「わかりやすく言えば、右と左ですね。顔を左右に向けることで、人物の配置と空間の描写をするんです」

「はあ」

楽笑の説明だが、まだ意味がわからない。ぽかんとする江利をよそに、ごらんさんが「配置といえば」と、身を乗り出した。

「わたし、『饅頭《まんじゆう》こわい』をやろうと思ってるんですけど、蛇がこわい、蜘蛛《くも》がこわいと、次から次へ話を渡していきますよね。あれが混乱しそうで」

「わたしは『三方一両損《さんぼういちりようぞん》』を考えてるんですけど、お白州《しらす》の場面になると人が一杯出てくるんで、その並び方が」

と、これは別のおばさん。

「わー、みんな、もう次の決めてるんですか。わたし、何にしよう」

そう言う友美の声も弾んでいる。それぞれの質問に楽笑やチェリーさんが答え、だったらこれは、それならあれはと、話がどんどん転がっていく。

見たところ、まったく普通の女たちが、江利のまったく知らない世界について話している。友美さえも。そして、誰も江利が取り残されてしまったことを気にかけない。それほど夢中になっているのだ。

取り残された――。ふいに浮かんだ言葉が、頭の中にこだまする。

友美とは、大学時代は同じようにキャートキャー遊んでばかりいた。なのに、いつのまにか差をつけられた。しぶしぶ来てやった落語会だが、そもそも江利にはこのように「わたしを見に来て」と、人を誘えるものがない。

ここまで下手だったら、わたしだったら続けられないと見下していたごらんさんも、とにかく二十分演じた。話を覚え、ぎごちないながらも動きをつけて、人前で始めからしまいまで破綻《はたん》なくやりきっただけでなく、次にやるものを決めている。そして、どうやればいいのか、熱心に質問している。

これが最後どころか、意欲満々じゃないの。

「そんなに楽しいんですか」

気がつくと、声に出していた。ワイワイしゃべっていたみんなが一斉に言葉を呑《の》んで、江利を見た。

「いえ、あの」

厭味《いやみ》に聞こえたかしら、

「すいません。あの、楽しそうだなあと思って」

作り笑顔でごまかそうとしたら、友美が「江利ちゃんもやれば」と言った。

「そうですよ。やってみないと、楽しさはわかりませんからね」

楽笑も後押しする。

「でも、わたし、落語なんて全然知らないし」

「みなさん、知らない人ばっかりだったんですよ」

チェリーさんが、さらにプッシュ。

「僕も大学入るまでは、全然興味なかったんですよ」

楽笑が、意外な言葉でとどめを刺した。

「ひとつ覚えたら、癖《くせ》になるんです。そういう不思議な魔力があるんですよ、落語には」

「魔力？」

楽笑の言葉を、江利の口は再び、無意識にオウム返しした。

魔力。

それは、フィクションの世界にしか存在しないものだと思っていた。わたしには関係のないもの。一生、出会えそうもないもの。

落語を覚える。ただそれだけで、魔力に触れられるものなのか。

5

落語教室は月に二回、水曜日の六時半から始まる。自治体による市民サービスの一環と位置付けられるため、教育センター内の研修室が無料で利用できる。講師もボランティア、従って受講料もただ。習うきっかけは「ただ」だったからと、受講生たちは笑いながら口を揃《そろ》えた。

江利も、そう思った。きょうび、ただで何か教えてもらえるなんて、あり得ない。ちょっと冷やかしてみて面白くなかったら、やめればいいんだもの。ものは試しと自分を励まして、出かけてみた。

女性教育センターのエントランスには、さまざまな活動のチラシが置いてある。あらためて眺めると、女性学のシンポジウムあり、ヨガ教室あり、キャリア支援相談会あり、フラダンス同好会あり、ロハス勉強会あり、DV《ドメスティック・バイオレンス》関連グループセラピーあり、世の女たちはこんなにいろいろやっているのかと驚くばかりだ。

これに比べると、わたしの私生活はスカスカだな。江利はまたしても反省した。

評判の映画があれば見に行き、おいしいと噂《うわさ》のレストランはとりあえず味見に赴《おもむ》く。まとまった休みにはハワイや沖縄まで飛んで、ぼーっとする。その程度。あと、中だるみの恋愛関係がひとつ。

中だるみでも、さほどキリキリしていないのは、仕事に張り合いがあるからだろうか。

時代の流れで、消費者としても働き手としても女の力が大きくなってきたせいか、女子社員も販売戦略会議や取引先との折衝《せっしょう》に参加して意見を通せるようになった。そのうえ、古株の江利は新人に教える立場になり、それなりに昇進・昇給もしている。この春には、先輩の女性社員がひとつの部署の部長になった。江利もこのまま頑張れば役職を与えられるだろうと、その先輩に励まされた。

仕事に生きるとまでは言わないが、自活する自分が誇らしい。

とはいえ、貰《もら》う額が上がれば、ストレスも増える。最近、取引先の実務相手が代わったのだが、そいつがイヤな野郎だ。新入社員のふぬけぶりにも悩まされる。

昇格すれば、この種のストレスがさらにきつくなるのは目に見えている。江利の会社では、この五年で二人の自殺者が出た。いずれも男性の管理職だったが、そのせいか会社全体に、仕事に身を捧《ささ》げるなんて冗談じゃないという空気がうっすらと流れている。

江利も、そうだ。仕事である程度の力を発揮できているとは思うが、それを自分の存在証明にしたくない。ならば、何をすればいいのか。

やっぱり、結婚と子育てか。それしかないんだろうか。でも、周囲には、破綻した夫婦がけっこういる。子供で苦労している人もいる。

人生って、ギャンブルだなあ。何が起きるか、わからない。こうして、落語教室のドアをノックするなんて、一週間前までは思いもつかないことだった。

「あ、いらっしゃい」

最初に笑顔を向けてきたのは、チェリーさんだった。

黒板に向かって、長机が二列五脚ずつ並んでいる。後ろの二列に、六人ほどが固まって座っていた。

「楽笑は、本社研修で来られないんですよ。きょうは、この間の反省会をしますけど、見学だけになさいます？　それとも、受講します？」

「あ、えっと」

言いながら、目で友美を探した。背中を向けてすみれさんと話していた友美が、ようやく振り返って手を振った。

「江利ちゃん、来て来て」

そばに行くと、ホチキスで留めた紙束を渡された。

「わたしが自分で作って使ってた台本よ。一応、上下とか所作《しょさ》とか、注意されたことが書き込んである。汚いけど、自主トレの役に立つと思うから、テキスト代わりに使って」

一行目に大きく『寿限無《じゅげむ》』とある。これなら、知っている。いつ、どこで聞いたのかさだかではないが、とにかく知っている。

友美の手作り台本は、上に人物の名前、下に台詞、余白にマル描《か》いてチョン風の超簡単イラストで、手や顔の動きが示してある。

「『寿限無』は落語の基本が全部盛り込まれていて、最初の一歩に一番適した噺なんです」

チェリーさんが解説した。

「子供が面白半分に覚えちゃうくらいだから、やりやすいですよ」

童顔のおばさんが口添えした。発表会で、与太郎《よたろう》がガラクタを売ろうとする話をやった『青空亭晴々《あおぞらていはればれ》』さんだ。ボランティアで絵本の読み聞かせをやっているとかで、子供相手にしゃべるのに慣れているようだ。発表会でも子供子供した与太郎を演じるとき、生き生きしていた。

「これ、レッスンビデオとか、ないんですか」

友美の台本だけでは、心許《こころもと》ない。英会話なら、まず講師が読んで、あとから生徒が口真似をするではないか。やはり、見本がないと。

「寿限無は基本過ぎて、CDやDVDになってるのがないんですよ。わたしがやってもいいんだけど、他の方のお稽古があるし」

チェリーさんが、少し困ったように笑った。

「みなさんがやるのを見て、あそこはこうするとか、ここはこうとか、細かくお教えするのがお稽古の方法なんです。ですから、吉田さんもまず、噺を暗記するところから始めてください。幸い、ミー坊さんの台本には楽笑の教えたことが書いてありますから、参考にして」

「暗記って」

江利は台本のページを繰《く》ってみた。かなりの量だ。結婚式のスピーチどころではない。

これを全部覚えろだって⁉

「一度に全部覚えなくていいんですよ」

やる気を失いかけた江利に、チェリーさんが優しく言った。

「発表会までは、みなさん台本を見ながらやってるんですよ。面白くできてる噺なんですから、堅く考えず、楽しみながら、少しずつ区切って、やってみてください」

やってみろなんて気楽に言うけど、こちとら、ずぶの素人ですよ。

困惑する江利をよそに、発表会のビデオが再生され、みんながワイワイ話し始めた。

江利は彼女たちと、映像を見比べた。

この人たちだって、やれたんだ。うまい下手は別にして、覚えてしゃべるだけなら、できる——かな……。

台本の一行目に、目を落とした。

昔から、子宝なんてぇ言葉がございます。子供には、できるだけいい名前をつけてやり

たいと思うのが親心というものでして。

ねえ、おまえさん。いい名前、考えてくれたかい？

それが、てんで思いつかねえんだよ。

じゃあ、物知りのご隠居さんに頼んでみておくれよ。

えー、あのじいさんかい。めんどくせえなあ。まあ、仕方ない。名前といやあ、一生もんだからな。ちょっくら、いっつくらあ――。

いっつくらあ。その下に友美の字で「江戸言葉で、行ってくるの意」と書いてある。

そんなこと、わざわざ注意書きしなくても、見当つくじゃない。

そう思いながら、江利は口の中で言ってみた。

ちょっくら、いっつくらあ。

あら、なんかカッコイイね。

パラパラ台本をめくった。あの有名な寿限無のくだりがある。

寿限無、寿限無、五劫《ごこう》のすりきれ、海砂利水魚《かいじゃりすいぎょ》の水行末《すいぎょうまつ》、雲行末《うんぎょうまつ》、風来末《ふうらいまつ》、食う寝るところに住むところ、やぶらこうじのぶらこうじ、パイポパイポ、パイポのシューリンガン、シューリンガンのグーリンダイ、グーリンダイのポンポコピーのポンポコナーの長久命《ちょうきゅうめい》の長助《ちょうすけ》。

口だけ動かして、言ってみた。独特のリズムがあり、繰り返していると、自然に歌うような調子になる。ラップみたい。すごく朗《ほが》らかなお経みたいでもある。と思いつつ後ろのほうをめくったら、おばあさんがお経のように唱《とな》えてチーンと鉦《かね》を鳴らすギャグがあった。

ギャグ？　このわたしが、ギャグをやる？

やれるのか。人を笑わせられるのか。オヤジギャグで人をうんざりさせるアホ上司とは大違いの、ちゃんとした笑いをとれるのか。

寿限無、寿限無、五劫のすりきれ。

誰にも聞かれないよう台本の上にかがみこみ、江利は小声で繰り返した。

ポンポコピーのポンポコナーの長久命の長助。

バカバカしく長い長い名前が、江利の脳内で勢いよく回り始めた。七色に輝くメリーゴーラウンドのように。

秋風亭小よしこと、江利の知ったかぶり落語用語解説　その一

噺《はなし》　字の本来の意味は「耳新しいことを話す」ということらしい。いつから、落語自体を指す言葉になったのか不明だけど、落語家さんたちは「噺家《はなしか》」と自称するのを好み、「噺のほうではこういう場合」など、落語世界のことも「噺」と言います。現代では死語に属する江戸言葉、上方《かみがた》言葉をあえてそのまま使い、わざわざ説明もしない。それが落語の美学。「言葉がわからないから、現代人には通じない」「落語は時代背景が違うから、若い人にウケない」というのは、下手《へた》な噺家の言い訳。素人ながら、江利はそう思う。だって、名人のはわかる、笑える、面白いんだもん。

出囃子《でばやし》　二つ目以上の噺家になると、出演時に自分のテーマミュージックを下座《げざ》さんに演奏してもらえる。下座さんは寄席の高座袖《そで》にいることから、この呼び名がついた三味線《しやみせん》奏者。横で前座が太鼓《たいこ》を叩く。笛を吹くときもある。こんな鳴り物の稽古も噺家修業のひと

つ。出囃子の選曲は、長唄など江戸時代の俗謡からとるものが多いが、歌謡曲や民謡の一節も。シュールな新作落語で人気の三遊亭白鳥《さんゆうていはくちょう》師匠は、名前にちなんで『白鳥の湖』。三味線で奏《かな》でられるチャイコフスキーも、乙《おつ》なもんでげす。

桂米朝《かつらべいちょう》　ここでいうのは、三代目。戦後まもなく桂米團治《よねだんじ》に入門。当時衰退していた上方落語の復興に尽力《じんりょく》した大御所。一九九六年、五代目柳家小《やなぎやこ》さんに続き、落語界で二人目の人間国宝に。落語研究家としても知られ、著作も多数。ネタの多さと論客ぶりでは、東の六代目三遊亭円生《さんゆうていえんしょう》と双璧。おしゃれでハンサム、お酒好き。温かな人柄で関西の女性の憧れの的です。

三遊亭円生《さんゆうていえんしょう》　ここでいうのは六代目。昭和天皇の前で一席伺《うかが》う「天覧落語《てんらん》」の経験者。演者がなくて埋もれていた噺の発掘や新しい演出に意欲的で、ネタの数、芸域の広さでは誰にも負けなかった。つまり、宮内庁御用達《くないちょうごようたし》にふさわしい風格があったわけですね。一九七九年、死去。二〇〇九年に亡くなった五代目三遊亭円楽《えんらく》は、一番弟子でした。

廓噺《くるわばなし》　廓とは遊郭《ゆうかく》、つまり男が女郎を買う場所のことで、吉原《よしわら》はもっとも格式があった。噺の中で「なか」と呼ばれるのは、吉原のこと。「ちょいと、なかへ」と言えば、どこに行くのかあからさまにせず、かつ、粋《いき》な感じがしたのですね。品川、新宿などの宿場町も廓噺の舞台。古典の名作に廓噺が多いのは、そこが男の本性が現れる場所だからだと思うけど、いかが？

与太郎噺《よたろうばなし》　江戸落語で間抜け・愚か者の代名詞として登場するのが与太郎。脇役として笑いをとるときもあるし、与太郎が主人公のものもある。与太郎噺は前座噺ともいわれるので、与太郎を演じるのが噺家修業の第一歩みたい。簡単なようで、難しいですよ。

その2
孝女《こうじょ》の遊女《ゆうじょ》は掃除が好きで

1

おれぁ、船頭《せんどう》んなるよ。なるったら、なるんだから。どんなことがあったって。

ああ、いい声だ。切れのいい口跡。気持ちのいいテンポ。聞き惚れてしまう。古今亭志《ここんていし》ん朝《ちょう》。落語の神様。

イヤホンから流れ込む生粋《きっすい》の江戸弁に、江利は目を細めた。

通勤バスはいつものように、人間でふくれあがらんばかりだ。一人暮らしの1DKマンションから会社まで片道三十分。これまでは忍《にん》の一字で過ごしてきた時間が、近頃にわかに楽しいものに変わった。落語のおかげである。

ブームに乗って買ったはいいが宝の持ち腐れだった iPod《アイポッド》 も、ようやくフル稼働だ。志ん朝の声の世界に浸《ひた》るため、イヤホンもグレードアップした。カナル式という耳の穴にしっかり押し込むもので、これを使うと外の音が完全に遮断《しゃだん》される。初めてつけたときは、感動した。世の中には、エライものがあるものだ。

イヤホンの情報は、会社のバカ新人、崎川《さきかわ》から得た。

こいつはエレクトロニクスおたくで、携帯もしょっちゅう買い換える。飽きっぽいのか、新しもの好きなのか、どちらにしろ、ものを売る側から見ればネギをしょったカモだ。しかし、仕事をさせると、慎重さを徹底的に欠く性格のため取りこぼしだらけで、こいつが通った後は誰かが点検して、間抜けの手当てをしなければならない。そして、その誰かは、常に江利なのである。

妙に世慣れて調子のいい崎川は、取引先との折衝はスイスイこなす。だが、自分が言ったことも、相手が言ったことも、全然覚えていない。いい加減もいいところで、数字や約束事の辻褄《つじつま》を合わせる役目が江利に回ってくる。実務のベテランの江利はたいがいの得意先に信頼されており、江利が出ていけば微妙なすり合わせにも応じてもらえるからだ。

とはいえ、自分のせいではない落ち度を謝り、機嫌をとり、丸く収めるのは、実に、実にストレスが溜《た》まる。人事権があるなら、すぐにも首《クビ》にしてやりたいこのバカを、会社はどうして放置しておくのか。実直な社員を、ただ五十過ぎだというだけでリストラしておいて、はた迷惑なバカは「まだ若いんだから、大目に見よう」なんて、納得できない。この手のバカがそのうち成長するなんて、幻想もいいところだ。会社は一体、何を見ているのか。

カナル式イヤホンのことを知ったのも、崎川を叱《しか》り飛ばした一件からである。

例によって、彼が関わった取引の報告書を見ると、どうもアヤしい部分がある。本人に確かめようとすると、デスクはからっぽだ。崎川と同期の青田《あおた》が、さっき出ていった、トイレではないかと言う。

「さっきって、いつよ」

「さあ、五分か十分か」

「かって、なんなの。五分と十分じゃ、えらい違いじゃない」

思わず、大声が出た。青田は曖昧《あいまい》な笑顔で首を傾《かし》げる。

どうせ、どこかでサボっているに違いない。探し出して、こっぴどく説教してやろうと廊下に出てみた。すると案の定、非常階段の踊り場にしゃがみこんで、ぼーっとしているではないか。

「崎川くん」

低音でドスをきかせて、呼んだ。しかし、反応しない。もう一度、呼んだ。が、振り向きもしない。

なんだ、こいつ。わたしに何か、含むところがあるのか。

「サキカワ！」

ついに、呼び捨てにしてやった。それでも、振り向かない。一瞬、跳び蹴りの誘惑にかられた。しかし、階段を転げ落ちて、打ち所が悪くて死んじゃったりしたら、こちらがオダブツだ。怒りで噴火しそうな胸を撫《な》でて近づくと、耳からコードが垂れ下がっているのが見えた。イヤホンつけてるんだ。だから、聞こえなかったんだ。仕事中に、なんてやつ！

江利は手を伸ばし、コードを引っ張った。

しかし、とれない。かわりに、コードごとやつの身体が傾いた。崎川は自分でイヤホンを抜き取り、耳を押さえて振り返った。

「なに、すんすかあ。痛《いて》えなあ」

「そっちこそ、何やってるのよ。さっきから、探してたのよ」

「ちょっとヤなことあったから、セルフ・ヒーリングしてたんすよ。オフィスで暗い顔してたら、悪いと思ってぇ」

いかにも気を遣っていたと言わんばかりに、唇をとがらせた。

「なによ、セルフ・ヒーリングって」

「音で心を癒《いや》すんです。僕の場合は波の音とイルカの鳴き声ですけど」

崎川は得意げに、耳栓《みみせん》型のイヤホンをブラブラさせた。

「これを耳にきっちり押し込むと、外の音が全然聞こえなくなるんです。で、目を閉じれば、気分は海の中。イルカがやってきて、一緒に泳ごうよって」

この言い草で、怒りが噴火した。江利は電光石火《でんこうせっか》の早業で、崎川の手からイヤホンをもぎとった。

「あんたがそうやってイルカと遊んでる間に、あんたの尻ぬぐいに奔走《ほんそう》するわたしのストレスはどうしてくれるの。冗談じゃない。とっとと戻って、この矛盾《むじゅん》だらけの数字の説明をしてちょうだいよ」

生身の金切り声で、バーチャル・イルカを粉砕してやる。自分だけ癒されようったって、そうはいくか。

「このイヤホンは、没収します。仕事中にこんなもの使うなんて、とんでもないわよ」

「没収だなんて、中学校じゃあるまいし」

崎川は失笑した。

「とにかく、戻りなさい」

イヤホンを上着のポケットに押し込み、先に立ってオフィスに戻った。

崎川が部長に泣きつき、部長から「返してやれよ。仕事中は使わないよう、俺から、ちゃんと言っておいたから」と言われたが、無視した。すると崎川は、翌日これ見よがしに新しいイヤホンを耳に差し込んでいた。

iPodに落語を取り込んでいるうちに、没収したイヤホンのことを思い出した。デスクの鍵のかかる引出しに放り込んだままだったそれを取り出し、電器店で同じものを求めた。その後、崎川のは本人に返してやった。

会社で使っているところを見られたくないのでバスの中だけにとどめていたが、なにしろポケットにしのばせておけるサイズだ。持ち歩いて、ランチタイムに外に出たときに聞き、トイレで聞き、やがて、社内で誰かとぶつかって屈することがあると非常階段に出て聞くようになった。

なんのことはない、崎川と同じことをしているわけだが、あいつとわたしじゃ、気苦労の量が違う。営業補佐のベテランOLは、社内外の自分勝手で思いやりのない連中が放り込むミスやクレームでごちゃごちゃの部屋を掃除する可哀想なシンデレラなんだから。

疲れた心に、志ん朝の『船徳《ふなとく》』。下手くそでも必死に船をこぐ徳さんの次第に荒くなる息づかいが、ハリネズミのようにとがった神経をなだめてくれる。

もっと格好よくやれるはずだったのに、思い通りにいかない人生。それでも、一生懸命、徳さんは船をこぐ。ただし、その一生懸命は底が浅くて、すぐに挫《くじ》ける。

もう、ダメ。もう、嫌だとなったら嫌なんだ、あたしゃあ。もう、ヤだ、もお！

崎川の身勝手なスネっぷりは憎たらしいだけで、とっつかまえて頭を坊主刈りにしてやりたいが、志ん朝の徳さんの逆ぎれギブアップはとてつもなく可愛い。力及ばぬ若旦那の挫折がいじらしくさえある。

声を殺してムフムフ笑っていると、不思議や、ありとあらゆる腹立ちが消えるのである。

この感じ、ちょっと、恋の初めに似ている。

2

出来心でひょいと始めた落語の稽古だったが、最初の課題の『寿限無』を、江利はなんと一週間で覚えた。これには、自分でも驚いた。

寿限無に始まる名前の部分は、台本をもらったその日の夜に全部覚えた。口に出してみると、実に覚えやすいのだ。意味がわからない、ただ調子のいい音の羅列《られつ》だからだろうか。覚えやすいだけでなく、唱えていると、なんとなく嬉しくなってくる。子供が喜んで覚えると、晴々さんが言っていたな。

わたしゃ、子供並みか。ま、いいけど。

発端の夫婦のやりとりも、覚えやすかった。

おかみさんは下手《しもて》、つまり自分から見て右側にいる。上手《かみて》にいる亭主に話しかけるときは、左側を向いて、やや色っぽく。

ねえ、おまえさん、そうしておくれよ。

亭主の八五郎は若い職人らしく、軽快に。

わぁった。そいじゃあ、ちょいと、いっつくらあ。

このしゃべり分けが、やってみるとすごく楽しいのだ。女優なんて自分には縁のない存在だと思っていたが、江利の中にもどうやら演技欲があるらしい。

ここまではトントンと進んだが、その後、隠居が名前の由来を説明するところが難物《なんぶつ》だった。だが、ここをクリアしないと、長い名前がもたらす騒ぎをやれない。

そりゃもう、猛特訓だった。友美がくれた台本をトイレにもお風呂にも持ち込んだ。食事どきもテーブルに台本を置き、もぐもぐ食べながら頭の中でしゃべった。さすがに仕事中は無理だったが、上着のポケットに台本のコピーを一枚ずつ忍ばせ、トイレに立ったときや、コーヒーブレイクの際に取り出して、こっそり稽古に励んだ。気がつくと、スーパーで食料品を見つくろうときも、歩いているときさえも、口の中で「おまえさん、うちの寿限無寿限無五劫《ごこう》の」「なんだって、うちの寿限無寿限無五劫の」と呟いている。

取り憑《つ》かれるというのは、このことか。なんで、こんなことをしているのだろうと立ち止まる瞬間が、一度もない。ひたすら『寿限無』を覚えるのに夢中になった。

やめる気にならないのは、やればやるだけ、できるようになるからだ。

こんな長いものを覚えるのは無理だと、最初は思った。しかし、とりかかってみると、言葉がどんどん脳に取り込まれていく。

一人の人間が人物を演じ分けるのだから、おおむね二人の会話で話が進む。「上下《かみしも》をつける」という顔の向け方も、自然に覚えた。というより、向きを変えないと自分の中で、今、誰がしゃべっているかの区別がつかなくなる。

左を向いて、おかみさんが「ねえ、おまえさん」と話しかける。右を向くと、演者はもう八五郎だ。「いっつくらあ」で正面を向き、「なんてんで、のんきな夫婦があるもので、これから物知りのご隠居さんのところに参ります」とナレーション。そして、右を向くと、今度はご隠居さんになっている。

「やあ、八《は》っつぁんじゃないか。久しぶりだねえ。まあ、こっちへお入り」と、手招き。招かれる八五郎は、下手にいる。だから、八五郎は左を向いてしゃべる。

うまくできてるなあ。

動きがつくからメリハリがあって、覚えやすい。

しかし、登場人物の性別や年齢別に合わせて声の出し方を変えるのが難しい。友美の一本調子を嗤《わら》ったことを、江利は反省した。「おかみさんは色っぽく」とか「八五郎は軽快に」「ご隠居さんは年寄りらしく、ゆったりと落ち着いて」などは、友美が台本に書き込んだ演出で、江利もそれを心がけるのだが、できない。演技欲はあっても、演技力がないのをつくづく思い知らされた。

実は「色っぽく」は、かなり熱心に練習してみた。覚えたら役に立ちそうだからだ。甘えるように、しなだれかかるように。一人暮らしの自宅だから、見ている者はいない。それなのに恥ずかしくて、やりながら一人でケッケと笑った。

でも、やめようとは思わなかった。とても覚えられないと思っていた台本が、どんどん頭に入る。それだけでも、新しい自分の発見だ。

近所の子供が寿限無に殴られたと訴えるため、泣きながら律儀《りちぎ》に長い名前を全部言い、聞いた母親がまたまた長い長い名前を繰り返して謝る。のどかなバカバカしさが、演《や》っていて楽しい。この楽しさも目新しい。

細かいことはともかく、まず覚えることから始めてと、チェリーさんが言った。覚えて、やってみて、直《じか》に教えてもらえばいい。教えてもらいたい。

このように向学心は燃え上がる一方だったが、学校と違って落語教室は月に二回。実際に教えてもらうまで、まだ一週間ある。一週間でひとつ覚えて、物足りなくなった江利は、友美に初心者用の落語がもっとないかとメールで尋ねた。

友美はすぐに、CDを貸すからどこかで会おうと言ってきた。そして、仕事帰りに夕食を食べながら、話し合った。

友美が落語を始めたのは、一年前だ。勤務している病院にボランティアでやってきた楽笑&チェリーさんと話しているうちに、教室に通うことになった。いろいろ聞き始めたのも、それからだという。そのわりに、口調はすっかり通《つう》気取りだ。

「勉強するにはなんといっても、たくさん見聞きすることよ。DVDやCD、いろいろ出てるからね。わたしたちは、楽笑さんたちの仲間の会にも行くの。へー、こんな噺があるのかとか、同じ噺でも演る人によって感じが違うとか、接する数だけメモリーが増えていく感じ。でも、江利ちゃんは初心者だから、極めつきの王道の本寸法《ほんすんぽう》てことで、これをどうぞ」

そう言って、志ん朝のCDを差し出した。

「ほんすんぽう？」

「あ、一般人にはわかんないわね。落語用語だから」

友美は舌を出したが、得意げだ。本寸法とは、本格的、正統派ほどの意味だという。

「日本人なら、この人の落語は聞いとかなくちゃ。落語の神様よ。楽笑さんが、そう言ってた」

古今亭志ん朝なら、江利もふりかけか何かのコマーシャルで見たことがある。だが、手元にあるジャケット写真の姿は、江利の記憶にある人とかなり違う。

若い頃のようだ。夏物らしい着物を着た立ち姿がスッキリして、美しい。二重《ふたえ》まぶたのくりっとした目に、ふくらんだ小鼻。髭《ひげ》のそり跡が青く、白い歯を見せて笑っているところは爽《さわ》やかそのものの青年だが、ぽってり厚い下唇に色気がある。

タイトルは『明烏《あけがらす》』『船徳』。

「最初の一枚は、これがいいと思う。わたしもこれで、はまった。この人の若旦那は絶品だから」

「演りたくなる？」

「まさか」

友美は、のけぞって笑った。

「これは、できないよ。江利ちゃん、すごい。『寿限無』やっただけで、もう、自分で演じることばっかり、考えてるのね」

「そういうわけじゃないけど」

一応否定したが、実はそうだ。あまりあっさり覚えることができたので、もしかしたら才能があるのかも——と思い始めている。

十代までは、自分にはなにがしかの才能があるはずだと信じていた。なんだかわからないが、それはきっといずれパーッと開花するに違いないと期待していた。それなのに、二十歳過ぎてからは「わたしには、何の才能もないんだ」と思い知らされる毎日。とうとう「普通でいいんだ。普通はエライ」と自分に言い聞かせる立派な大人に成長したが、それでもこうして「何かができる自分」を発見すると、色めき立つものがある。

「次に何を演るかは、楽笑さんが考えてくれるのよ。前座噺《ぜんざ》って、お稽古向きのがあるんだって。わたしがやった『垂乳根』も、前座噺よ。誰がやっても面白いようにできてて、落語の基本がきっちり入ってるから、覚えることがそのまま、お稽古になるわけね」

友美はいろいろ蘊蓄《うんちく》を垂れたが、正直、江利の頭には入らない。神様の落語を早く聞いてみたくてたまらない。いい加減に受け流して、帰るやいなや、プレイヤーにセットした。

いや、もう、驚いた。

面白い！　そして、可愛い！

吉原に連れていかれたお坊ちゃまが、童貞喪失の危機に逆上するさまが大笑いの『明烏』。体力も根性もない若旦那が船頭になって大奮闘する『船徳』。

演じる様《さま》を生で見たくて仕方ないが、それは叶わぬ望みだ。志ん朝はもう、この世にいない。

しかし、こうして耳で聞いているだけで十分に面白い。テンポがよくて、まったくダレない。

一回聞き終わると、すぐに冒頭に戻した。噺の筋は、もうわかった。でも、聞きたい。あの可愛らしい若旦那に、もう一度会いたい。

繰り返しても、やはりおかしい。そして、ますます可愛い。なるほど、これを自分も演ってみようとは、とても思えない。落語の神様と言われる理由がわかった。この人の噺は、聞くしかない。演っていただくしか、ない。

もっと聞きたくなり、友美に借りるのはまどろっこしいので、自分でボックスセットを買った。いわゆる大人買いというやつだ。そして、iPodにどんどん取り込んだ。

面倒だと思い込んでいた取り込み作業が、やってみると楽しくて仕方ない。なんでこんなことができるのか、おまえはエライと、パソコン並びにiPodをほめてやった。そして、くだんのイヤホンも買った。

一方で『寿限無』の稽古も、怠《おこた》りない。筋は覚えたが、所作がまだおぼつかないのだ。落語といえば手拭いと扇子だが、江利が持っているのはタオルと、百円ショップで買ったナイロン地の扇子だけというのも心許ない。

先日の落語会では素人ながら、みんな、日本手拭いと白扇を使っていた。白いタオルは肌触りは抜群だが、高座で使うには間抜けである。扇子も、百円ショップのじゃねえ。

しかし、手拭いなんか日常生活では使わないから、行きつけのスーパーには売ってない。扇子も、そうだ。デパートで売っている礼装用の高い扇子は金粉などがちりばめられ、いい香りがするものの、落語で使うシンプルな白扇とは似ても似つかない。あんなの、どこで売っているんだろう。

知らないことが、たくさんあるな。ま、教室で訊けばいいや。とりあえず、タオルと百円扇子で稽古してみた。それでも、ちゃんと気分は出る。

ああ、早く、教室に行きたい。時間が経つのがもどかしい。この気持ち、やっぱり、恋に似ている。

3

さて、ついに来ました、二度目の稽古日。

二時間と決まっている時間内に、すべての受講生に稽古をつけるため、一人が十分から十五分ずつ区切って演じ、楽笑なりチェリーさんが直すべきところを教えるというやり方だ。江利は初めてなので、とにかく演れるところまで演ってごらんと言われた。

靴下裸足《はだし》になり、長机を二脚並べた上に座布団を敷いた即席高座に上がる。

手拭いと扇子は楽笑が貸してくれた。友美に借りようと思ったが、きょうは休みだ。楽笑とチェリーさん、すみれさん、おかねさん、晴々さん、ごらんさん。すでに馴染みになった顔が、何もしないうちから笑みをたたえて江利を見上げている。

かーっと顔が熱くなり、心臓が急に膨《ふく》れあがって喉までせり上がってきた。あわてて視線をみんなの頭の上あたりに据え、「えー、昔から子宝なんてえことを申しますが」と口を切った。

そこから先はもう、夢中だった。上下《かみしも》をつけたつもりだが、もしかしたら一点をみつめたまま、棒読みしたかもしれない。ちょっとでも何か考えると、覚えたことが飛んでしまいそうで、ただ記憶の出力に集中した。

「あんまり名前が長いから、こぶがひっこんじゃったよお」

言い終わると、大きなため息が出た。笑い声と共に、拍手が湧いた。たった六人の拍手だが江利は我に返り、両手をついてお辞儀した。

「初めてなのに、短い間でよく覚えましたね」

楽笑が笑顔で言った。続けて、おどけた真顔で「最初の挨拶が抜けたけど」

あ。すっかり、忘れてた。

江利は口に手を当てて、照れ笑いをした。楽笑は心持ち身を乗り出し、よく通る声で静かに言った。

「落語はね、お客さまに聞いていただくものなんです。たとえ、たった一人しかいなくても、聞く人がいて初めて成立する芸なんですよ。この教室は、プロになって人前でやるのが目的じゃないけど、それでも聞く人のことを意識して、聞いていただきたいという心を持って、稽古してください。そうじゃないと、楽しいものにならない。それが落語です」

受講生は揃って、頷いている。

聞く人を意識する。お客さま——。そんなこと言ったって、素人の遊びなのに、客を想定するなんておこがましいと思ったが、とりあえず講師の教えだ。江利は素直に「はい」

と答えた。

それから、他の受講生たちが次々と即席高座にあがり、ノートやパソコンのプリントアウトなどの手作り台本を傍《かたわ》らに置いて、あれこれと演じた。江利は隅っこで、チェリーさんに基礎の指導を受けた。手拭いと扇子のことも訊いた。

落語で使う扇子は、普通のものより丈《たけ》が長い。手拭いは折り目がピンとしているほうがきれいなので、普段使いでくたびれたものはダメ。色も渋めがよろしい。よく粗品でくれる白地に酒屋の名前入りなんてのは、「できたら避けてね」とのこと。

手拭いはともかく、扇子は専門店でないと手に入らないというので、楽笑を通じて買ってもらうことにした。

他の人たちの稽古も聞くふりをしたが、頭は自分のことで一杯だ。次は何を演ればいいのか、早く教えてもらいたい。

「では、今日はここまで」と楽笑が告げるとすぐ、そばに行って、次の演目について相談した。

「うーん。『寿限無』をもっとちゃんとやるのが、先だけど」

楽笑はたしなめたが、すぐにパッと笑顔になった。

「実は、あなたのを聞いて、これがいいんじゃないかなと閃《ひらめ》いたのがあるんですよ」

「なんですか」

思わず、顔一杯で笑ってしまう。友美が、楽笑は受講生の個性に合った噺を薦《すす》めると言って いた。彼が感じた自分の個性とは、どんなものなのか。

『金明竹《きんめいちく》』って前座噺のひとつなんだけど、立て板に水の言い立てが特徴。それも関西弁なんだけどね」

「関西弁なんて、わたし、しゃべれませんよ」

「『金明竹』、わたし、演りましたよ」

帰りかけていた晴々さんが、足を止めて口を挟んだ。

「あれ、楽しいですよね。子供に大ウケしましたよ」

「関西弁、できるんですか」

「なんちゃって関西弁ですけど」

晴々さんは小首を傾げ、少女っぽく笑った。

「この噺は、江戸落語のネタなんですよ」

楽笑が解説を続けた。

「江戸っ子は関西弁がわからないというところに、仕掛けがあるんです。ＣＤをお貸ししますから、まず聞いてごらんなさい」

「はい。そうさせていただきます」

「じゃあ、この次、持ってきましょう」

え、また二週間待てというのか。

「あの、できたら、早く聞きたいんですけど」

楽笑はニヤリと笑った。

「家まで来てもらえれば、お渡しできるけど」

「よろしかったら、お邪魔させてください」

即答した。今の江利は、他にしたいことが何もない。


楽笑とチェリーさん夫婦の家は、郊外の建売一軒家だった。大学生の長男と高校生の長女は、二階のそれぞれの部屋で何かしているとかで出てこない。一階のリビングでお茶をご馳走《ちそう》になりながら、しばらく話した。

リビングのAVボードに、落語のDVDやCDがぎっしり詰まっている。仲間たちとの会やボランティアで行った先のものらしい自分たちのビデオも、かなりの数にのぼった。

楽笑が『金明竹』のテキストとして差し出したのは、柳家小三治《やなぎやこさんじ》のCDだった。同時収録の『初天神《はつてんじん》』は、小三治のものが極めつきといわれている噺だそうだ。でも、江利はこの人のことを知らない。

「志ん朝さんのは、ないんですか」

「あったら、いいんだけどね」

楽笑は破顔した。そして、言った。

「志ん朝は落語の神様です。あの声。姿。どれをとっても、きれいでね。文句のつけようがない。だけど」

ふっと、目をＣＤに向けた。

「僕は、小三治が好きなんです」

「神様より？」

「どっちがどうってことじゃないんですよ。ただ、小三治の芸はね」

今度は視線を天に向け、うーんと唸《うな》って言葉を探した。

「なんというか、人間くさいんだ。そこがたまらなく、好きです」

へえ。人間くさい、ねえ。見当もつきませんが、とにかく、聞いてみましょう。そんなことより、知りたいのは。

「あの、わたしにはこれがいいと閃いたっておっしゃいましたけど、どこらへんが？」

「勢いがあったからね。あなたは、しゃべりたがっている。だから、言い立てが特徴のこ勢いがある。楽笑の言葉を反芻《はんすう》してみた。自分では、よくわからない。勢いよくやろうとして、考えもしなかったことだ。でも、勢いは、ないよりあるほうがいいに決まっている。意外な褒《ほ》め言葉が嬉しくて、江利の頬はゆるみにゆるんだ。

「『金明竹』は、断り文句のかけ違いと、言い立ての聞き違い、二段の笑いが仕込まれてるんです。楽しいですよ」

お茶を替えながら、チェリーさんが口を添えた。小柄な彼女が寄り添うと、中肉中背の楽笑が大きく見えて、夫婦《めおと》茶碗みたい。

幸せそうだなあ。ちょっと妬《ねた》ましくなった江利はあわててCDを手に取り、しげしげ眺めた。

「このCDがいいのは、言い立てる道具の解説がついていることです。解説を見て、品物が何かを把握するのがきっちり覚えるコツ。『寿限無』のように、音だけで闇雲《やみくも》に覚えられるものとは、そこが違う。チャレンジし甲斐があると思いますよ」

今、ここで聞かせようかと言われたが、手に入ったからには一刻も早く持って帰りたい。遅くなるから失礼しますと立ち上がると、楽笑が声をかけた。

「高座名、考えました？」

「――はい」

『寿限無』を覚えたとき、すっかりその気になって、名づけに取り掛かったのだ。でも、口に出すのは恥ずかしくて、小声になった。

「秋風亭小吉《しゅうふうていしょうきち》っていうんですけど」

「ほー、春風亭小朝《しゅんぷうていこあさ》のもじりですか」

「いえ、もじりとか、そういう気持ちじゃないんです。秋の風って、なんか、きれいで。で、吉田から一字をとって、小吉って、つまり、その、小吉くらいがいいかなあって」

曖昧な言い訳口調になる。すると、楽笑が朗らかな声で言った。

「しょうきちもいいけど、女性なんだから、こよしと読むのはどうですか」

「あら、いいじゃないですか。粋《いき》な感じで、芸者さんみたい」

チェリーさんの褒め言葉を待つまでもなく、楽笑の提案で江利の心はいっぺんにバラ色になった。

秋風は、わびしさ。小吉は、どうせ、わたしの人生は小吉がせいぜい、大吉なんか、夢のまた夢、中吉は往生際《おうじょうぎわ》が悪い感じですっきりしないから、小吉でよしと開き直ろう。そんな、ひねくれた気持ちからつけた名前だった。でも、こよしと読むと、ずいぶん違う。

仲良しこよし。可愛くて優しい感じ。気に入った。

「じゃ、そうします」

「なら、いっそのこと、小よしとひらがな混じりにしたら。小吉だと、こきちとか、しょうきちって読まれちゃうから」

チェリーさんがさらに提案した。ほんとにこの夫婦は、息が合ってる。

秋風亭小よし。帰りのバスで、空中に指で書いた。落語教室という小さな小さな世界でだけ通用する別名。それなのに、すごく晴れがましい。

わたしは、秋風亭小よし。

別の世界がはっきりと、目の前に開けた。

4

わてな、中橋《なかばし》の加賀屋佐吉《かがやさきち》方から使いに参《さん》じましてん。先途《せんど》、仲買《なかがい》の弥市《やいち》が取り次ぎました道具七品《ななしな》のこってござります。

祐乗《ゆうじょう》・宗乗《そうじょう》・光乗三作《こうじょうさんさく》の三所《みところ》もん、備前長船《びぜんおさふね》の住則光《じゅうのりみつ》。横谷宗珉《よこやそうみん》四分一《しぶいち》ごしらえ小《こ》柄《づか》付きの脇差《わきざ》し。この脇差しなあ、柄前《つかまえ》がタガヤサンやゆうておましたが、埋《う》もれ木やそうで、木ぃがちごとりまっさかい、ちゃっとおことわり申し上げま。自在は黄檗山金明《おうばくさんきんめい》竹《ちく》、寸胴《ずんど》の花活けには遠州《えんしゅう》宗甫《そうほ》の銘がございま。織部《おりべ》の香合。のんこうの茶碗。『古池や蛙《かわず》飛び込む水の音』いいます風羅坊《ふうらぼう》正筆《しょうひつ》の掛けもん。沢庵《たくあん》・木庵《もくあん》・隠元禅師《いんげんぜんじ》張り交ぜの小屏風《こびょうぶ》。この屏風なあ、わいの旦那の檀那寺《だんなでら》が兵庫におまして、この兵庫のぼんさんのえろう好みまする屏風じゃによって表具へやり、兵庫の坊主の屏風にいたしますと、かようお言伝《ことづ》て願いますねんけど――。

これが『金明竹』のハイライト、道具七品の言い立てである。

今回は、自分で台本を作った。楽笑は手書きで速記をとれとアドバイスした。台本はパソコンで打ち出してもいいが、聞き取って書くときは、手書きがよい。手で書くほうが、頭に入ると言う。

始めのほうの、傘、猫、旦那の貸し出しお断りの口上がずれていく笑いどころは面白くて、楽しく書き取れた。

小三治という人は、志ん朝とまったく違うザラリとした感触の声の持ち主だが、『初天神』の子供や、『金明竹』のとぼけた松《まつ》ちゃんには無邪気な愛らしさが滲《にじ》み出ており、これまた胸がキュンとなった。

テープ起こしはOL三年目まで、営業会議の議事録作りでさんざんやらされた。内容が面白くない、ひとつのことを言うのに、言い訳やら自慢やら不必要な飾りがなんだかんだくっついて無意味に長い、揃いも揃って滑舌《かつぜつ》が悪いの三重苦に悩まされながらも、誰が何を言ったの証拠書類だから、正確を期して一言一句漏《も》らさず書き取らねばならない。本当に気の滅入《めい》る作業で、途中で根気がぶち切れ、こんなものぶん投げて会社を辞《や》めようと、何度思ったかしれない。

しかし、落語の聞き取りは全然違う。

口跡がきれいだから、くっきり聞き取れる。内容が面白いので、繰り返し聞くのが苦にならない。困るのは、噺に引き込まれて、手がお留守になることだ。おっと、いけないと前に戻して聞き直すのが、また楽しい。

それでも、後半の道具七品の言い立てを初めて聞いたときは、茫然《ぼうぜん》とした。

何を言っているのか、さっぱりわからない。

『寿限無』も意味はまったくわからなかったが、パイポパイポなど聞き取りやすい音ばかりのせいか、苦労はなかった。

しかし、今度は関西弁の部分以外は、とりつく島もない。だが、晴々さんがやったと言っていた。わたしにだってできるはずと、気を取り直した。

楽笑のアドバイスを思い出し、解説を開くと、織部の香合とか寸胴の花活けとか、聞いたことも見たこともあるもののことを言っているとわかった。茶道具のことらしい。試しにネットで『金明竹』で検索してみたら、たちどころに詳しい解説を発見できた。刀、脇差し、花活け、香合、茶碗、掛け軸、屏風で、しめて七品。それを踏まえて聞き直すと、今度はちゃんとわかった。

馴染みのない専門用語を流暢《りゆうちよう》に並べ立てられると、素人は呆気《あつけ》にとられる。アバウト営業マン崎川が、ストラテジーだのスキームだのポテンシャルだのアビリティだの、やたらと英語を並べて販売店のおっさんを煙《けむ》に巻くのを思い出した。

「兵庫の坊主の屏風」のくだりは早口言葉として独立するものだそうで、確かに調子に乗せると言いやすく、七品より先に覚えた。舌を嚙むこともない。

わたしって、滑舌がいいほうだったのね。

江利は自分を見直した。楽笑が言った「勢いがある」というのは、このことか。それとも「しゃべりたがっている」のほう？

勢いを褒められたのは嬉しかったが、しゃべりたがっているという指摘は、恥ずかしかった。すごくお調子者みたいじゃないか。

でも、落語は確かにしゃべりたい。なぜだかわからないが、口にするのが快感だ。

二日かけて聞き取った手書きの速記をパソコンに打ち込む間も、口に出してしゃべった。睡眠時間を削ることになったが、終わりまで仕上げないことには寝る気になれないのだ。できあがると、ずっと手に持って稽古に励んだ。起きている間中、しゃべる。寝るときは、小三治の『金明竹』を子守歌代わりにした。

手書きのご利益か、睡眠学習のせいか、道具七品の言い立ては、のべ二十四時間でマスターした。最後まで言い終えたときは、思わずガッツポーズが出た。とても無理だと思ったものが、言える。嬉しくて、何度も繰り返した。言える。言える。ざまあみろ。

こうなったら、誰かに聞かせたい。

誰か。誰か――。

友美のことが頭に浮かんだが、このためにわざわざ呼び出すのは、なんだか照れくさい。

会社の人間には秘密にすると、最初から決めていた。落語を習っているなどと口走ろうものなら、絶対「ちょっとやってみてよ」とねだられるに決まっている。そのとき、あっと言わせるためにも、お披露目《ひろめ》するのはもっとうまくなってからだ。

では、彼はどうなんだ。

榛原旬《はいばらしゅん》。三十五歳。人に職業を訊かれたら翻訳家と名乗っているが、実際は下訳がせいぜいで、稼ぎのつては英会話スクールの講師である。アメリカ文学が専門で、年に何度かニューヨークに行く。江利の会社が宣伝に使う食品化学系の論文の翻訳を請け負ったことから知り合い、浮世離れした雰囲気に江利のほうがイカれた。

付き合い始めた頃、御歳二十八歳の江利は、旬との結婚を夢見ていた。だが、彼の気持ちがはっきりしなかった。むしろ、江利が思うほどは、江利のことを愛していないことだけが、なんとなくわかる。そんなこんなで五年も経つと、江利の気持ちは旬の髪の生え際同様、後退の一途《いっと》をたどった。

それでも、旬はときどき何を思うのか、「江利は、可愛いなあ」と、こちらが予期していないときにふいに言うのだ。それを聞くと、じーんとしてしまう。それで、ズルズル続いている。こういうのを、腐れ縁というのだろう。よくない語感だ。げんなりする。

別れるきっかけがないと、人というのはなかなか縁が切れないものだ。旬がすごく嫌な面を見せたり、激しく衝突するようなことがあれば、そこですっぱり切れるのに。この頃では神社仏閣の前を通ると、必ず五円玉を賽銭《さいせん》箱に放り込んで「いい人をお授《さず》けください」と念じている。

だが、腐れ縁にも、いいところはある。

遠慮会釈なく、軽く扱えることだ。たとえば、半ちくな落語を一方的に聞かせる人身御《ひとみご》供《くう》にちょうどいい。

「ご飯食べない」と誘って、ファミリーレストランに行った。安上がりで長居ができる、実用的でムードのないこんな場所で会えるのも、腐れ縁の気楽さだ。旬と別れきれないのは、この使い勝手のよさのせいだろうか。

片隅のボックス席でハンバーグ定食とパスタセットをつつきながら、話した。

「わたしね、落語習ってるの」

「へえ。落語か。いいね」

「そう思う？」

「うん。日本の伝統芸能じゃないか。落語家は人間国宝にもなってるし。僕は、小津《おづ》や黒澤《くろさわ》についてなら語れるんだけど、歌舞伎《かぶき》や落語みたいな伝統芸に暗いのがコンプレックスなんだよ。ニューヨークの友達にそういうこと語れると、どんなにいいかと思うんだけど、まだ本物を見たこともないんだ」

「わたしのは本物じゃないけど、今、お稽古してるの、ちょっとだけ聞いてみてくれる？」

「うん。やってみて」

それで『金明竹』の粗筋《あらすじ》を説明し、関西弁の言い立ての部分をやった。

「おかみさんが、この言伝《ことづ》ての聞きかじりを言うのがおかしいの。ゆりじょう・そうじょう・こうじょうというのを、掃除の好きな孝女《こうじょ》の遊女と取り違えて、木が違うを気が違うと間違えて、備前長船をござ船に乗って備前に行こうとしたら兵庫に着いたといい加減に解釈して、それから、屏風があって、お坊さんがいて、屏風があって、お坊さんがいて」

そこまで話して、江利は一人で笑い出した。頭の中に、小三治が演じる、狼狽《ろうばい》しつつも必死に辻褄を合わせようとするおかみさんの声がよみがえってきたのだ。

目尻に涙をためて笑い転げる江利を見る旬の顔は、薄く笑みを作っていた。

「面白いでしょう」

「うん。あの、でもね。俺、思うんだけど」

「なに?」

「道具屋の奥さんだったらさあ、寸胴の花活けとか織部の香合とか、知ってるのが当然なんじゃない?」

「――え?」

「だからさ。江戸の人だから関西弁がわからないのはいいとして、道具の名前は江戸も大坂も変わらないんだから、わかると思うんだよね。その店は、主人と奥さんと二人でやってるんだろ。それなら、奥さんが商売のことをなんにも知らないのは、おかしいんじゃない?」

江利は二秒ほど、旬の真顔をまじまじ見つめた。それから、ぬるくなったコーヒーを飲んだ。

「そういえば、そうだけど」

「でも、あれだけのことをスラスラ言えるのは、感心したよ。すごいじゃない」

とってつけたような褒め言葉だ。感心なんかしてないが、可哀想だから何か言ってやるという態度。旬はいつも江利に対して、余裕があるところを見せたがる。

「また、何か覚えたら聞かせてよ。日本文化の勉強になるから」

「うん……」

それから、旬は先日ニューヨークで参加したちょっとしたパーティーでの出来事についてしゃべり出した。江利は相槌《あいづち》を打ったが、話は右から左に素通りした。

道具屋の奥さんが、道具の名前がわからないのは、おかしい。確かにそうだ。そうだけど、そこにひっかかるなんて。

帰り道、江利の眉間《みけん》には皺《しわ》が寄った。旬の態度を思い出すと、胸くそが悪くなる。

これ、面白い噺なのよ。あんたはなんでそんな、水ぶっかけるようなこと、言うの？

そう言い返せなかった自分が腹立たしい。

旬の言うことは正論だ。だけど――正しくない！

「えーと、あの、仲買の弥市さんが、なんでも、気が違ったとか。なんだって、弥市が気が違った？」

うつむいたまま、口に出してみた。道具屋夫婦の勘違いやりとりは、まだ稽古に入っていない。でも、頭の中にある。

「で、遊女を買ったんだそうです。そしたら、その遊女が孝女だったんです。で、これが掃除が好きで」

ほら、面白いじゃないか。

「沢庵とインゲン豆で、お茶漬けが食べたい。で、いくら食べても、のんこのしゃー」

兵庫の坊主の屏風のくだりは、自然に声が大きくなった。すらすら言える。すごいぞ、わたし。

「それで、古池に飛び込んじゃったんですよ。弥市が古池に飛び込んだ？　そりゃあ、大変だ。弥市には道具七品の手金《てきん》を打ってあったんだが、買ってかなあ」

道具屋主人が大あわて。一拍置いておもむろに、さげを言う。

「いいえ。カワズ」

空を見上げて両手を掲げ、秋風亭小よしに拍手。

『金明竹』覚えました！

秋風亭小よしこと、江利の知ったかぶり落語用語解説　その二

古今亭志ん朝《ここんていしちょう》　伝説の名人、古今亭志ん生《しんしょう》の次男。しかし、志ん生を知らない昭和の戦後世代にとって、古今亭といえばこの人。若いときから、姿のよさとうまさで人気があり、テレビドラマや舞台で役者としても活躍していたが、中年にさしかかると高座に専念。第一人者として圧倒的な芸と人気を誇りました。しかし、二〇〇一年、六十三歳の若さで急逝。彼の死で江戸落語は終わったという人がいるほどの喪失感でしたが、二〇〇八年、待望のＤＶＤ発売！　生前の高座姿との再会にファン感涙。

柳家小三治《やなぎやこさんじ》　十代目の現・小三治。凝《こ》り性で、バイクやオーディオからオリーブ油に至るまで、凝りだしたらただではすまない。それらについて、あるいは体験談を枕《まくら》（ネタの導入部の、前ふり噺のこと）で話し出したら、これまた止まらず、随談《ずいだん》という名称で独自の芸になり、それを楽しみにするファンも。志ん朝亡き後、もっともチケットを取りにく

い噺家。はばかりながら、小よし、あなたにぞっこんですのよ、師匠。

春風亭小朝《しゅんぷうていこあさ》　落語を聞かない人もご存じの、現在もっとも知名度の高い噺家。落語人気を高めるため、寄席以外でのイベント企画にも熱心で、各方面から引っ張りだこ。

その3

タコの頭、あんにゃもんにゃ

なに、その、あたぼうって。

あたりめえだ、べらぼうめてんだよ。江戸っ子だよ。あたりめえだめ、べらぼうめなんか言ってみねえな。温気《うんき》の時分にゃ言葉ぁ腐っちまわ。日の短けえ時分にゃ日が暮れちまう。つめて、あたぼうってんだい。

1

頭は弱いが腕のいい大工の与太郎が、ためた家賃のかたに大事な道具箱を大家にもっていかれた。そこで棟梁《とうりゆう》が取り返そうとするが、わずかに足りない金を巡って、因業《いんごう》大家と争い勃発《ぼっぱつ》——。

『金明竹』の次に何を演るか、CDを聞きあさった末、江利が選んだのは柳家小三治版の『大工調べ』だ。

といっても、すぐに稽古にとりかかれるわけではない。『金明竹』の筋は覚えたが、実際に口演するとなると、まだまだだ。

教室で意気揚々《ようよう》と前半を演じ、呑み込みが早いと一応ほめてもらったが、「まだ暗記の段階。今のままだと、ただしゃべってるだけですね。人物が出てきてません」と楽笑に指摘された。

ただ、しゃべっているだけ。そう言われて、得意な気持ちがいっぺんにしぼんだ。友美の高座を見たとき、何かに追い立てられるようにまくしたてていると感じたが、自分が同じことをしていたとは。

稽古を録音して自分でチェックすればいいのだが、一度試してみたところ、録音すると思うと気になってつっかえてしまう。加えて、試しに聞いてみたら、あまりの下手さにこんなことやめてしまおうと逃げ出したくなった。

でも、やめたら、せっかく知りかけた何かが失われてしまう。

教室の意義は、聞いて講評してくれる講師がいることなんだから、自分で聞かなくてもいいんだと開き直って、自宅ではただ稽古するだけにとどめた。

だけど、その姿勢がやっぱり、甘かったんだろうか。覚えたというだけでいい気になって、恥ずかしい……。

江利がうつむくと、楽笑は「でも、ほんとに切れがいいですねえ。言い立てのところは、お見事ですよ」

すかさず、フォローしてくれた。このあたりの呼吸から、彼が会社でもいい上司であることがうかがわれる。

「話の筋は覚えたから、あとは所作ですね。それは、その場を想像して人物になりきったら、自然にできるようになります。古道具屋の店先に座っていると、外からいろんな人が入ってくる。それぞれの人物の違いも、ちゃんと頭の中で描いて、なりきってください。難しいことを要求してるようだけど」

楽笑は一瞬目を見開き、ついで、くしゃくしゃと笑顔を作った。

「ちゃんと考えて稽古したら、できるようになるんですよ、これが」

手拭いと扇子を使う所作以外に大事なことは、目の動きで空間を表現することだと教わった。

座った位置から視線を投げる方向で、相手がどこにいるか、客に見せる。

よく「遠くを見る」というが、目の表情でどのくらい「遠い」か、その違いを演じ分けられることを、江利は楽笑の模範演技から学んだ。

ひたすら感心する江利に、楽笑は「実際に見るんです。そうしたら、できます」と言った。

最初にチェリーさんに遠くから近くに来てもらい、それを見つめる自分の目がどう動くか体感して、その後に想像するだけで再現するというのをやった。

この方法、何かで見たなとあとで考えたら、演劇漫画の『ガラスの仮面』で同じことをしていたと思い出した。

「演者は、その場が見えてないといけないんです。自分に見えていないと、お客さまに見せることはできないからね」

相変わらず、楽笑が二言目に繰り出す「お客さま」には居心地の悪さを感じるが、場を見るという言葉は魅力的に響いた。

そこにないものを、想像力で「見る」。そのために、噺の舞台である長屋の構造を楽笑は絵に描いて教えてくれた。

これがへっつい。これが水瓶《みずがめ》。へっついの上にある換気用の天窓。一間きりでも猫の額《ひたい》のような小さい庭があり、洗濯物を干したり、洗い張りをしたり、植木を育てたりする。

隣同士は薄い壁一枚でくっつきあっている。だから、取っ組み合いの夫婦喧嘩《げんか》をした日には、三軒先まで声はつつぬけ、両隣は壁が倒れないよう押さえながら、喧嘩の止め役を呼ぶことになる。

共同の井戸に共同の便所。排水溝《はいすいこう》の上にどぶ板《いた》を渡した通路を通って、お湯屋《ゆうや》（江戸弁では湯をゆゥと言う）に出かける。

晴々さんがもっとよくわかるようにと、絵本になった落語本を見せてくれた。姉《あね》さんかぶりで井戸のまわりに集まり、洗濯をしながらおしゃべりに興じるおかみさんたち。道具箱をかついで歩く半纏《はんてん》姿の職人。籠《かご》を背負った屑《くず》屋さん。ぼて振りの八百屋。そば屋。納豆売り。走り回る子供ら。

テレビの時代劇で何度も見ていながら、何も感じなかった昔の生活空間。それが、落語を頭で響かせながら見ると、絵本の中の人物が動き出すようにさえ感じられる。なるほど、これが「場を見る」ということか。

「噺の舞台は、たいがいここですからね。この世界を思い描く稽古もしてみてください」

黒澤明《あきら》の時代劇や昔の東映映画など、時代考証が行き届いた映像を見るのも勉強になるという楽笑の言葉に、江利は絵本を見ながら深く頷いた。

ちょっとした出来心から始めた「趣味の落語」ではあるが、なんだか「お勉強」の度合いが強くなってきた。

二十代の頃の江利は、カルチャーセンターなんて暇な奥さま族のお勉強ごっこだと思っていた。こちとら、生活するので精一杯のOLだ。でも、働いて生きる力をつけている。ちらっとかじるだけで教養を身につけてる気になってるけど、しょせんカルチャーセンターでやってることなんて、単なる自己満足だ。いい気になるな。フン！――なんて、軽蔑していた。

しかし、それはまさに、遠すぎる夢と、それとはうらはらの現実の両方に手もなくひねられて、仕事と合コン以外は何もできないと思い込んだ貧乏ＯＬの逆恨《さかうら》みだったのだ。

この世には、こんな半端なわたしでも、もっと知りたい、もっとやりたいと思えることがあるんだ。何かをやって得る自己満足は、何もせずに他人を批判することで優位に立とうとするお手軽な自己欺瞞《ぎまん》より、何千倍もましではないか？

例えば、落語を始めたおかげで、今の江利は柳家小三治を知っている。

「知っている」と「知らない」の間には、何億光年もの距離がある。知るというのは、光の速さで遠くまで飛ぶことなんだ。

小三治の落語は江利にとって、それほどの一大発見なのだった。

『金明竹』は未完成。それは重々わかっているが、にわかに落語ファンとなった江利は毎日落語のＣＤを聞き、知識としてのネタ数は増やしている。それも、「どれを演りたいか」という心で聞いているのだから、恐れを知らないとはこのことである。

まあ、いいじゃないですか。教室にまで通って、「演る」側にいるんだから。

というわけで、集中して聞いているのが、柳家小三治だ。落語の神様、古今亭志ん朝のは、ひたすら聞き入ってしまう。もう、客になるしかしょうがない。しかし、小三治の落語は、聞き入ることも聞き入るのだが「こんな風にしゃべってみたい」という余地を残している。

どうしてそうなのか、まだよくわからないが、『大工調べ』にしても二人を聞き比べた結果、小三治のバージョンを「演りたい」と思った。

与太郎が違うのだ。

志ん朝の与太郎は天真爛漫《てんしんらんまん》。大家に道具箱をとられたことも、困ってはいるが、たいして気にしていないみたいだ。棟梁にけしかけられて大家に毒づくのだが、そのときもひたすら明るい。

一方、小三治の与太郎は、道具箱をとられたことを面目《めんぼく》ないと思い、棟梁に迷惑をかけて悪いと申し訳ながる。大家に毒づくときは一生懸命で、でも、そんなことをする自分に照れ笑いしたりする。

これが楽笑が言った「人間くさい」ということなのだろうか。楽笑にその感想を言うと、小三治の与太郎の造形は、師匠の五代目小さんのものを受け継いでいるという。

「小さんが誰から受け継いだかまでは、僕にはわからないんだけど」

古今亭と柳家の違いというのがある。敢《あ》えて言うなら、江戸落語の粋《すい》を伝えるのが古今亭。人間の味を出すのが柳家。

志ん朝が神様なのは、古典落語の型を極限まで磨き上げたからであり、志ん朝の与太郎が落語世界の与太郎の決定版だ。しかし、柳家の与太郎は僕たちと通底してる――と、楽笑は言った。

だから、小よしさんが共感したんじゃないかなと。

そうかもしれない。志ん朝は声といい、口跡といい、ピカピカ、ツルツルしている。小三治のほうは、ざらついている。そのざらつきが江利のハートをひっかき、そして、あっちこっちにひっかかる。

これは一体、なんなんだろう。この惹《ひ》かれ具合は、実に不思議だ。

これが楽笑の言う落語の「魔力」なのだろうか?

2

こっそり『大工調べ』の、ことに棟梁の啖呵《たんか》の部分を稽古しつつ、教室では神妙に『金明竹』の磨き上げ（生意気にも、その気分である）にいそしむ江利だが、二回連続の友美の欠席には首を傾げている。

　具合でも悪いのかとメールしてみたら、難しいケースを抱えているので時間がとれないとそっけない。それでも「もう、大変」という意味の絵文字が入っているから、それ以上突っ込まないことにした。仕事第一は自明のことだ。それに、教室の仲間と次第に打ち解けてきたので、友美の不在は正直、関係なくなっていた。

　おかねさん、晴々さん、すみれさん、ごらんさんに続いて、新しく二人の顔を覚えた。『なんちゃっ亭《てい》利休《りきゅう》』さんは、教室ではどこにいるのかわからないくらいおとなしいので、自分のことに夢中の江利の脳にはなかなか記憶されなかった。メモリーにインプットされたのは、稽古に入ってしゃべり始めた途端、がらっと雰囲気が変わったからだ。

　利休という高座名から察せられる通り、彼女は茶道《さどう》の師範《しはん》である。このセンターで教えるほうだったが、通りすがりに稽古の声を聞き、前から興味があったので、受講生に転じたという。

　普段はパンツスタイルだが、そこは師範。それも、内股で、しずしずと机の上にあがる。正座して両手を前につかえ、お辞儀する姿も堂に入っている。

　ところが、顔を上げて話し始めると、両肩を張るようにして急にいなせになる。宝塚の男役みたいだ。

「えー、昔から、江戸っ子の生まれ損《ぞこ》ない、金を貯《た》め、なんてえことを申しまして、今日稼いだ金は、今日のうちに使っちまう。宵越《よいご》しの銭は持たないというのを自慢にしていたそうで」

よく通る声で、拾った金の行き先を巡って押し問答をする二人の江戸っ子を小気味よく演じる。感心して聞いていると、ふっと途切れ、くにゃりと斜めになって「ここまでしかできてないんで、すいませんけど」と、弱々しい愛想笑いを浮かべた。そして下がると、今度は音もなく隅っこの席に戻り、うつむいて座ってじっと黙っている。まるでジキルとハイドだ。

もう一人の受講生はひどくやせて、顔色もよくない。六十代前半らしいが、それより老けてみえるのは、度重《たびかさ》なる入院生活によるものらしい。

「あっちこっち、切ってましてね。腎臓が悪いんで透析《とうせき》もしてますし、薬も馬に食わせるくらい飲んでるんですよ」と、それでも笑いながらその人は江利に、『風雲亭《ふううんてい》グッチー』と高座名で自己紹介した。

「最初は不運亭愚痴《ふうんていぐち》にするって言ってたんですよ。でも、それじゃあんまりだから、次から次に病気に襲いかかられて闘ってきた風雲児ということで、風雲。それに、愚痴をグッチーにして可愛く開き直っちゃいましょうって」

チェリーさんが本人に代わって、高座名の由来を話した。

グッチーさんは二十分座って話し続ける体力がない。だから、発表会には出ない。でも、教室に来て、五分でも八分でも、できる限りやるのを楽しみにしているそうだ。

楽笑との出会いも、入院中のことだ。慰問落語が終わった後、久しぶりに笑ったとグッチーさんのほうから楽笑に話しかけた。

夫に先立たれ、本人は病気続き。子供がいるにはいるが、母親の看病や医療費の捻出《ねんしゅつ》に疲れ切っているのがわかる。申し訳なさで、なぜ先に死んだのがわたしではなかったかと、自分が生きていることを責める毎日。笑うことなど、できなかった。

それなのに、楽笑の落語でクスッと笑った。すると、桂枝雀《かつらしじゃく》を聞いて爆笑していた頃を思い出した。

「あの頃も生活は苦しくてね。亭主は飲むと荒れたから。枝雀さんだけでしたよ、笑わせてくれたのは。とくに、『代書屋《だいしょや》』が好きでねえ。あの、セーネンガッピが」

すると、思い出し笑いが出た。頭の中に、枝雀の素《す》っ頓狂《とんきょう》な声が蘇《よみがえ》ったのだ。

それを見て、楽笑がその噺を自分でやってみないかと誘った。素人の女性たちが、自分の楽しみのために落語を稽古する会をやっている。退院したら、のぞきにいらっしゃいませんかと。

「その頃のわたしは、退院しても居場所がなかったんです。三人の子供の家でかわりばんこに世話になってるんですけど、どこにいても針のむしろでね」

行くところがある。それが嬉しくて、来てみた。そして、生まれて初めて、何の憂《うれ》いもなく過ごせる場所をみつけた。

「歳ですから、覚えるのも話すのも時間がかかって、持ちネタは『代書屋』一本槍《やり》。それも、いまだに最後までできないんですけど」

「枝雀の落語は三分おきに笑えるようにできてますから、少しずつでもいいんですよ」

と、楽笑が言った。

「落語をやってるとね」

グッチーさんが微笑みながら、江利に言った。

「人が聞いてくれるんですよ。以前のわたしは高座名通り、口を開くと愚痴ばかりでね。家族にも近所の人にも嫌がられてた。それがわかるから、自分で自分が嫌で。でも、他に言うことがなかったんですよ。それが落語の稽古を始めたら、落語しか言うことがなくなったんです」

今でも疲れたり、風邪《かぜ》をひいたりすると、すぐに倒れてしまう。それでも病室で、口の中で稽古していると、相部屋の人から聞こえるようにもう少し大きな声でやってくれと言われるそうだ。

「わたしの夢は、いつか病院で落語をやることなんですけどね」

「グッチーさん、小咄《こばなし》をたくさん覚えて、それをやればいいんですよ」

チェリーさんが言った。

「うちに、世界の小咄の本がありますよ」

「でも、まず『代書屋』を最初から最後までやってみたいんです」

じゃあ、今日も三分だけと、グッチーさんがみんなの前にパイプ椅子を置いて座った。背もたれのない座布団で正座の姿勢をとるのも苦痛なのだ。それでも、話し始めたグッチーさんの顔には、病《やまい》の陰《かげ》りはない。

学のない男が、就職に必要な履歴書を代書屋に書いてもらいに来たのはいいが、個人情報にまつわる思い出話が多すぎて――というざっとした筋立てを、隣に座ったおかねさんが教えてくれた。

「生年月日、言うてください」

「え?」

代書屋に質問された男が、上手《かみて》を向いてすっとぼけた声を出す。代書屋はしかつめらしく、

「生年月日、言うてください」

噛んで含めるように、ゆっくり言う。すると男はしゃんと顎《あご》をあげ、ひとつ息を吸って大きな声で。

「セーネンガッピ！」

おかねさんがいかにも愉快そうに、カラカラ笑った。江利は少し遅れて、「キャハッ」と笑った。

桂枝雀のことも知らない。いきなり出てきた「セーネンガッピ」は、ちょっと考えないと意味がわからなかった。

「あのねえ、生年月日と言うのやないんです。生年月日を、言うてくださいと言うたんです」

代書屋は困った顔。男はますます鼻の穴をふくらませ、

「セーネンガッピ、オ！」

今度は江利も遅れず笑った。とんでもないやりとりだ。

グッチーさんの今日の高座は、そこで終わった。

「なんか、すごく面白いですねえ」

江利はグッチーさんに話しかけた。

「わたし、落語のこと、よく知らないんで、そのナントカさんのことも知らないんですけど」

「枝雀さんは浪速《なにわ》の爆笑王と言われた人でね。まん丸の顔で、ものすごく面白いんですよ」

グッチーさんが嬉しそうに言った。

「死んだ亭主とわたしが暮らしていた西日本では、毎週枝雀さんの番組があって、毎回お腹の皮がよじれるくらい笑わせてくれたんです」

「『鷺《さぎ》とり』『寝床』『宿替え』『一人酒盛り』なんかも、傑作でしたねえ。あの人にしかできない、凄《すさ》まじい芸でした」

楽笑が思い出す目をした。

「でしたって、もうお亡くなりに？」

「ええ。自殺を図ったのが、きっかけでね。自分を追いつめる人だったから」

爆笑落語を演じていた人が、自殺。江利はあまりのことに、言葉を失った。

グッチーさんの暗い人生に救いをもたらした落語が、演じるほうの人間を追いつめるなんて。

「落語が好きで好きで、どこまでやれるか、体当たりの表現を考え続けた人なんです。CDもDVDも残ってますから、長く語り草になるでしょう。破天荒《はてんこう》ですが、見事なものですよ」

「でも、人を楽しませる落語をやる人が自殺するなんて、理不尽な気がします」

「それも落語の魔力でね」

江利の疑問に、楽笑は複雑な笑みを見せた。

「噺家っていうのはね、高座に上がることでやっと生きてる人種なんですよ。だから、死ぬまでやっている。また、落語がやれなくなったら、やってもウケなくなったら、死ぬしかないと、そこまで思いつめる。取り憑かれし者なんですよ」

教室中がシンとした。楽笑は高座で演じるときのように、目を見張って大げさに真面目《まじめ》な面持《おもも》ちを作った。

「でも、みんながみんなそうだったら、この世から噺家はいなくなっちゃいます。寄席、行ってごらんなさい。ウケなくても平気で生きてるのが、ゴロゴロしてます。落語は本来、人生讃歌ですから。それに、この教室は落語を人生のよりよいパートナーにしていただくためのものですから、みなさんは取り憑かれません。大丈夫です」

「病みつきになってますけど」

すみれさんが、明るく言った。

「病み上がりも、ここにいます」

グッチーさんが、つけ加えた。

「うまい！」

おかねさんが即座にあげた声を合図に、みんな笑った。

笑えるって、いいことだ。江利は、しみじみ思った。

3

「落語って、なんだかすごいものみたいよ」

「そりゃまあ、やってる人が人間国宝になるくらいの日本の伝統芸能だからなあ。その桂枝雀のことは、僕も知ってるよ。英語で落語をやったとか、SF落語をやったとか」

友美が忙しそうなので、江利が聞きかじりの落語話を押しつけられる相手は旬しかいない。

「とかって、聞いたことあるの？」

「いや。そういう話を聞いたことがあるってだけ。桂枝雀って、天才だったたって。若い頃は、考え過ぎで奇行に走ってたらしい。そういうの、天才らしいよな」

この人って、周辺情報にはやたらと詳しいけど、全部「聞いた話」なんだよな。人間ポータルサイトみたい。

ファミレスで待ち合わせをすると、旬はいつも早めに来て、テーブルの上に分厚い辞書と、これまた厚さにして五センチはあるでかい原書を並べて、一生懸命ノートをとっている。アメリカの若手作家のアンソロジーだそうで、旬の師匠がみつけてきたものだ。

まだ出版されるかどうかも決まっていないが、出版社に掛け合うには訳した状態の原稿が必要だ。師匠は旬たち弟子に下訳をさせて、自分は発注されたものをやっている。翻訳には時間がかかるが、かけた時間に見合う報酬《ほうしゅう》が得られることはほとんどない。

だから、江利はときどき、ビールをおごってやる。全部おごってやってもいいのだが、江利は貢《みつ》ぐ女になりたくない。こいつは俺に惚れてるなと、旬に甘く見られたくないのだ。それに、旬は英語講師としてちゃんと稼いでいる。働く社会人同士なら、自分の分は自分で払うのが筋だ。

このように金銭面ではガッチリしている江利だが、噺の中では金に細かい大家を憎いと思う。

覚えたくて、毎日夢中になって聞いている『大工調べ』では、与太郎がためた家賃一両二分と八百のうち、足りない八百を巡って大家と棟梁が言い争いをする。争うというより、金に対する棟梁のぞんざいな物言いに、大家がへそを曲げるのだ。

「たかが八百とか、奴《やっこ》に放り込ませるとか、そういうお金をありがたがらない態度が気に入らないわけよ。この大家って人が、ケチに徹して財産を築いた、拝金主義者なんだよね。ヤなやつなのよ。それで、棟梁の言葉尻をとらえて、ネチネチいじめるの」

大家の言い分と棟梁の応対を説明しながら、江利はだんだん熱くなってきた。

ほんとに、あの大家ったら、ヤなじじいなんだから。ことに、小三治がしわがれ声でやる大家は実に憎々《にくにく》しい。「雪隠《せっちん》大工のくせしやがって」なんて、棟梁のこと、バカにして。

その棟梁をやっているのも小三治だが、噺の中に入れば、そこにはちゃんと別の二人の人間がいる。江利は無論、棟梁サイドだ。

「与太郎のために耐えに耐えて、なんとかして道具箱を返してもらおうとしてきた棟梁だけど、あっちが意地になってるとわかって、堪忍《かんにん》袋の緒を切るの。で、だーっと啖呵を切る。これがもう、カッコよくて、たまんない！」

なにぬかしやがんでぃ、この丸太ん棒め！　目も鼻もねえ丸太ん棒みてえな野郎だから、丸太ん棒てぇんだ――。

「でもさ」

頭の中で素晴らしい啖呵を再生させているところに、旬の声が割って入った。

「大家さんは間違ってないじゃない。家賃ためてるほうが、八百くらい、いいじゃないか、みたいに開き直ると、そりゃ腹立つと思うよ。大体、金っていうのは、なぜか貸してるほうが立場が弱くなっちゃうんだよな。僕も前、あったよ。二万ばかし貸した相手が、催促《さいそく》したら居直っちゃってさ。ないものはないんだから、しょうがないだろうって凄《すご》むんだよ。怖くなって黙ったら、五千円だけ返してくれたけどね。それに、一両っていったら、当時にしたら大金だよ。そんなにためてるのに追い出さずに待っててくれたんだから、いい人なんじゃないの、その大家さん」

「……そうかもしれないけど」

旬の言うことは、いつも正しい。常識的だ。でもさ。

「でも、道具箱を返してくれたら、与太郎は仕事をして、きれいに家賃を払えるんだから、ここは返してやるほうが合理的じゃないの。それなのに難癖つけて、与太郎に面と向かってバカって言うんだよ。棟梁のことも侮辱《ぶじょく》して。いい人がそんなこと、する？　思いやりがなさすぎるよ」

江利は泣きそうになった。歯を食いしばって頭を下げたのに、「職人が町役人《ちょうやくにん》に頭下げて、どうなるってんだ」と面罵《めんば》される棟梁の無念が乗り移ったみたいだ。

「そりゃ、そうだね」

江利の涙目にびびった旬が、譲歩した。

「でも、その噺、最後には大家が懲《こ》らしめられるんだろ。だから、いいじゃない」

「そうだけど」

志ん朝版では奉行が粋な計らいをするところまでやるが、江利がテキストにしている小三治版は、与太郎が棟梁の真似をして大家に毒づくつもりが、あーらら——というところで終わっている。

お白州《しらす》で奉行が大家をやりこめる場面があってこそ、カタルシスがある。『大工調べ』というタイトルの意味も通る。でも、柳家ではたいがい、与太郎毒づくの場で終えるらしい。お白州までやると長くなりすぎるからという説があるが、志ん朝版は長さを感じない。

お裁きのところもやりたいなと、江利は思う。奉行がいったんは大家を支持しておいて、あとからその隙をついて鼻を明かすどんでん返しが気持ちいいのだ。よくできていると思う。

与太郎は小三治版のほうが断然好きだから、二つをミックスしちゃおうかな。いいよね。わたしは古今亭でも柳家でもないんだから。秋風亭小よしなんだから。

何がなんでも、大家をギャフンと言わせてやりたい。このわたしが、棟梁になり代わり、噺の上でしっかり成敗《せいばい》してやるんだ。

江利は遠くを睨《にら》み、無意識に右手で決意のガッツポーズを作った。

「ビール、飲んでいいかな」

旬が遠慮がちに声をかけた。

「いいよ。飲もう」

江利は威勢よく同意し、片手をあげてウェイトレスを呼んだ。『大工調べ』の棟梁は、与太郎のために持ち金を全部差し出す。今や江利は棟梁の心で、旬にビールを振る舞うのである。

任せろってんでぇ!

4

落語教室では、しみじみやらニコニコやら、温かい感情が湧いてくるのに、職場ときたら、どうしてこう楽しくないんだろう。

仕事が好きで好きで、毎日職場に行くのが楽しみで仕方ないなんて人、本当にいるのだろうか。

もし、いるとしたら、きっと早死にするだろう。人生、そんな幸福があって、たまるか

――と、江利は歯ぎしりする。

「だからね、わたしもね、このたびの一件がおたくのせいじゃないことくらい、わかってますよ。だけどね。あんた、いい給料とってんでしょう。ボーナスも有給休暇もあるんでしょう。こっちはね、特約店契約してる小売店ですよ。大手のスーパーやコンビニに客をとられて、わずかな売上げで一日食いつなぐのが精一杯なの。そんなときにね、あんた。御社の不祥事で商品に悪いイメージがついちゃったら、一番迷惑するのは、末端で直接お客さんと接するわたしらなんですよ」

ネチネチとさっきから、恨み言が続く。おじさん、あなたも落語やったら、どうですか。文句垂《た》れても、ストレスはなくならないんですよ。グッチーさんを見習いなさい。

そう心の中で言いながら、それでもこちらから電話を切るわけにいかない。

江利はひたすら「はい」「申し訳ございません」「お気持ちは重々、お察し申し上げます」と平身低頭する。その言葉尻をいちいちつかまえて、「口で言うのは簡単でいいねえ」と厭味《いやみ》を聞かされる。

これが新人OLのうちなら、部長あたりが替わってくれる。テキが「もっと上を出せ」と言うときもある。しかし、江利の会社のソフトドリンクを販売する小規模スーパー経営者の渋井《しぶい》、通称ミスター文句の電話は江利がとると、いつの頃からか決まってしまった。

向こうが指名してくるのだ。

「吉田さん、惚れられてますよ」と、崎川がはやしたてるのも腹立たしい。

「あのおっさん、吉田さんをいじめるイメージで欲情してんじゃないすか」

バッカヤロウ！　なんか、当たってそうな想像じゃないか。気持ち悪い。

もう、なんで、発売したばかりのしぼりたてジュースに異物混入、ただし人体に影響なし、なんてマスコミ発表するのよ。影響なしなら、黙っときなさいよ。文句言われんの、こっちなんだから。

消費者が聞いたら吊《つる》し上げにあいそうなことを、江利は心の中で呟いた。

公平に見て、渋井に非はない。メーカーは記者会見して謝ればすむが、販売店は客に文句を言われ、売上げも減り、下手をすると倒産に追い込まれる。渋井の言うことは、正論だ。

でも、こっちだって、さっきから二十分も謝ってるんだよ。給料だのボーナスだの言うけど、それほどもらってないんだから。有給休暇だって、使えるのは病欠が長引きそうなときだけよ。それに、異物混入させたの、わたしじゃないのに。

わたしだって、迷惑してるのよ。これから先、合コンなんかで、会社名言ったら「あー、あの異物混入の」って言われちゃうんだからね。

どうせなら、社長に言ってよ。こんな下《した》っ端《ぱ》に、正論で上からおっかぶせるような物言いをして、威張《いば》りくさって、それでせいせいするとしたら、あんた、相当、ひねくれてるよ。

因業オヤジみたい。そうだ。あの『大工調べ』の、思いやりのない因業大家。

あっちは販売店で、こっちはメーカー。所帯はこっちのほうが大きいが、品物の置き場所ひとつで売れ行きが違ってくる世界だから、販売の最前線を粗末に扱えない。もう、おたくとは契約を打ち切ると言われたら、それまでだ。正直、競合他社はいくらでもいる。

向こうはそれがわかっているから、かさにかかってからんでくる。自分には落ち度はない、それどころか被害者だと大威張りだ。

でも、だからって、言葉で相手を傷つけて鬱憤《うっぷん》晴らしするなんて、人間の出来がよくないよ！

と叫びたいのをぐっとこらえて、深呼吸。

「わかりました。近いうちに一席設けさせていただいて、上の者ともども、よくお話をうかがいたいと存じますので、ご都合のよい日をお知らせ下さい」

結局のところ、これで収まる。問題のジュースはメーカー側で回収をした。販売店に補償が必要なほどの損害は出ていない。向こうは、こちらが下手《したて》に出るところを見たいのだ。あの因業大家のように。

落語の世界には、弱い者の味方をしてくれるお奉行様がいる。でも、現実は——。

やっと電話を切り、どっとデスクに突っ伏した江利に崎川が声をかけた。

「キャバクラで接待すか」

それなら、自分が行くとでも言うのか。

「ネチネチおやじの丸め込みなら、やっぱ、その手でしょう。あ、ダメか。吉田さんと飲みたいんだもんね、おっさん。そいで、肩とか抱き寄せたりして」

グワ！　吐きそう。

江利は椅子を蹴飛《けと》ばす勢いで、立ち上がった。

「クレーム対応で疲れたんで、ちょっと一服してきていいですか」

立ったまま部長に言うと、黙って目だけで頷いた。接待には、彼も同行して頭を下げなければならないのだ。憂鬱は同じである。

この雑居ビルは古いタイプで、屋上に上がれる。ただし、周囲をもっと高いビルに囲まれていて、眺めはよくない。空気もよくない。だから、気晴らしに行く者もいない。

江利が屋上を目指したのは、空調だの排気だのの機械音が凄まじいそこなら、誰はばかることなく大声を出せるからだ。

今までは「××のバカヤロー!」と、そのときの敵を虚しく罵倒《ばとう》するだけだった。でも、今は。

「ほうすけ、ちんけいとう」

ふっと、言葉が口をついて出た。ポケットに入れてある走り書きのメモを出して、構えた。息を整え、できるだけ大声で言ってみる。

「呆助、藤十郎《とうじゅうろう》、ちんけいとう、株っかじり、芋っ掘りめ。てめえっちに頭ぁ下げるようなおアニィさんと、おアニィさんの出来がすこぅしばかり、違うんでえ。大きな面《つら》ぁするなてなあ、なんでえ。黙って聞いてりゃ増長して、ご託《たく》が過ぎらい。どこの町内のおかげでもって、大家とか町役とか膏薬《こうやく》とか言われるようになったんでぇ、バァカ。タコの頭、あんにゃもんにゃ!」

小三治の『大工調べ』は三種類の録音があり、江利は全部聞いた。若い頃は、語尾を呑み込むくらいの勢いでまくし立てている。真似しようとすると舌を嚙みそうになるが、五十を過ぎてからのは一語一語メリハリをつけて、棟梁が自分の言葉に自分で興奮して次第に気持ちが高ぶっていくさまがよくわかる。

「大家も蜂の頭もあるけぇ。出るところへ出りゃ、きっと白い黒いを分けてみせるんだ。

弱《よえ》ぇこちとらにゃ、強《つえ》ぇお奉行様てえ味方がついてら。お白州ぃ出て砂利《じやり》を握って泣きっ面をするねえ、こんちくしょう！　おぅ、与太！　もっと前へ出ろぃ！」

勢い余って、啖呵の最後の与太郎を呼ぶところまで口に出してしまった。

こうなったら、ついでにちょっとやっておきたい。だって、小三治の与太郎は、ここがいいんだ。

「棟梁。ねえ、棟梁」

なだめるように静かな声で、語尾を上げる。

「もういいでしょ。おうちに帰りましょ」

与太郎は、棟梁が怒りをエスカレートさせていくのをハラハラしながら見ていたのだ。そして、喧嘩をして怪我でもしやしないか、相手の恨みを買いはしないかと、心配している。

だけど、こうなったのは与太郎のせいだ。棟梁のほうは、収まらない。

「てめえのために、こういうことになったんでぃ。こうなったら、おまえも毒づけぇ」

そんなこと、言われても。与太郎は困ってしまうが、棟梁には頭が上がらない。

「じゃあ、毒づくぞお。毒づくから、覚悟しろ」

ここで与太郎は「テヘッ」と小さく笑う。覚悟しろなんてカッコつける自分が、照れくさいのだ。そして、頑張ってひと言。

「やーい、大家さぁん」

ここが、可愛いんだ。志ん朝の与太郎は明るく「大家！」と呼び捨てにするが、小三治の与太郎は、ちょっとつぶれたような幼い声で「大家さぁん」と呼ぶ。恐縮ということを知っている、いじらしい小さき者なのだ。

棟梁の口真似がうまくいかず、「何を言っているのか、わからない」と突っ込まれて、「俺だって一生懸命だい」と言い返す。

一生懸命なんだよ、小三治の与太郎は。

江利の気持ちはいつか、与太郎のほうに移った。

あどけなく、でも懸命に、ちょっと照れながら、与太郎は毒づいてみるのだが。

「おめえなんか、飲まず食わずで銭をためちめぇやがって、今じゃ、こんなに立派な大家さんになって、どうもおめでとう！」

最後は晴れ晴れと、相手を祝福してしまう。

アハ、なんていい子なんだろ。天を向いて笑い、江利は気付いた。

渋井のおっさんのことなんか、どうでもよくなった。あの屈託が、消えた。

怒りを発散させたのは、威勢のいい啖呵じゃない。与太郎だ。

柳家がここで終わらせる理由が、わかったような気がする。大家と棟梁が互いに譲れないのは、それぞれのメンツがかかっているからだ。メンツをつぶされた仕返しに、互いの痛いところをつきあっている。けれど、メンツなんて荷厄介《にやっかい》なものを持たず、他人への悪意もない与太郎のとぼけっぷりが、怒りも恨みも骨抜きにしてしまう。この与太郎の独壇場《どくだんじょう》で、客はほのぼのと笑わせられる。お裁きを下すお奉行様がいなくても、与太郎が十分、幸福感をもたらしてくれる。

与太郎。粗忽《そこつ》。頓珍漢《とんちんかん》。落語界の懲りない半端者たち。胸のすく啖呵を切る腕も頭もないかわり、何を言われてもへこたれない、風通しのいいハートがある。

巻き舌で流暢に啖呵を切る、いなせな江戸っ子が好きだった。こんな男がいたら惚れるのにと自分で思うような、カッコいい職人を演じたい。それで取り組んだ『大工調べ』だが、気が変わった。

とぼけた人をやってみたい。

もっと、聞いてみなくちゃ。こうしちゃいられない。

江利は『大工調べ』の台本メモを、ポケットに押し込んだ。

とっとと仕事を終わらせて、早く家に帰ろう。買ってはあるけど全部は聞いてない小三治ＣＤボックスをひっくり返して、お目当てをみつけなきゃ。

『大工調べ』の与太郎も、ちゃんとやってみたいな。

「おめえは、大家だろ。おーや。おやおや」

階段を下りながら、思い出すままに与太郎の毒づきを口に出してみる。

「おめえなんざ、あのぅ、どっからカラカラ、転がりこんだろ。おーやこーろころ、ひょうたんぼっくりこ」

今までは、スラスラ言い立てるのに夢中になっていた。でも与太郎は、毒づこうにも恨みの心がないから、戸惑いの間があく。それでも、ありあわせの言葉を繰り出して、間をつなごうとするところが、なんとも言えず、いい。

「そいで、おめえはどこの骨だ？　豚の骨か？　シャモの骨。唐傘の骨。ああ、馬の骨か。おめえなんか、六兵衛《ろくべえ》さんが死んだときに香典《こうでん》やらなかったろう。俺も、やらねえ」

あー、気が抜ける。でも、これが与太郎の「一生懸命」だ。健気《けなげ》に務めれば務めるほど、場の緊張をほどいてしまう。

オフィスに戻ったとき、江利はニコニコしていた。

「あ、なんか嬉しそう。吉田さん、今夜デートの約束、取り付けましたね。彼氏に慰めてもらうんだ」

崎川が無遠慮にからかった。以前の江利なら、今のはセクハラだと目尻を吊り上げて謝罪要求したところだが、今は違うぞ。

「何、言ってんのよ。このタコの頭、あんにゃもんにゃ」

「は？」

崎川がアホ面をした。

そうだ。言いたいことを言ってやろう。愚痴でもなく、恨み節でもなく、こんな形で。

「部長。崎川くんが、渋井さんをキャバクラ接待で丸め込みたいそうです。いかがですか」

大きな声で、部長に告げた。

「え、あ、ちょっと」

崎川があわて、部長は目を丸くし、他の同僚たちが一斉に吹き出した。

秋風亭小よしこと、江利の知ったかぶり落語用語解説 その三

棟梁 大工の頭《かしら》のこと。通常「とうりょう」と発音するが、柳家小さん門下では、江戸訛《なま》りに準じて「とうりゅう」と言う。

へっつい 竈《かまど》のこと。ガス・電気普及以前は、これでご飯を炊いた。「はじめチョロチョロ、なかパッパ、グツグツいったら火を引いて、赤子泣いても蓋《ふた》取るな」がうまく炊くコツ。火加減が難しく、火吹き竹で火力を調節した。昔の人は大変でしたねえ。

桂枝雀《かつらしじやく》 ここでは二代目のこと。神戸大学を中退して、桂米朝の弟子に。誰でも爆笑せずにいられない斬新なスタイルを完成させ大人気を博す一方、「緊張の緩和《かんわ》が笑いを生む」という理論構築など、極限まで笑いを分析・追究する知の人だった。英語落語で海外公演を成功させ、映画やテレビドラマにも役者として出演、多方面で活躍したが、うつ病にも

悩まされていた。一九九九年、自殺を図り、入院中に心不全で死去。でも、誰にも真似のできない枝雀落語は永遠です。

町役　「ちょうやく」と発音。今で言う町内会長、自治会長のようなものですね。

その4

あっしんとこね、くっつき合いなんすよ

1

湯ぅ行くんだから、なに、取ってくれよ。ほら、あの、枕、じゃなくて、えーと、踏み台、じゃなくて、鉄瓶《てつびん》、じゃあなくて、雑巾《ぞうきん》、じゃあないの、あのー、手拭い！

——。

かくのごとく、目的の名前が出てくるまでいろんなコトを言うのが、まめでそそっかしい人。無精でそそっかしいと、こんなことはしない。黙って、鉄瓶ぶら下げて、湯に行く

キャハハ。小三治が『粗忽《そこつ》の釘《くぎ》』のまくらでやる「そそっかしい人」解説は、何度聞いてもおかしい。枕、踏み台、鉄瓶、雑巾と間違いを続けるにつれ、「鉄瓶！　じゃあなくて！」と、どんどん声が苛立《いらだ》ってくる。

欲しいものの形は頭の中に見えているのに、名前が思い出せないもどかしさ。えーい、くそ、なんで俺はこうなんだと、情けなくなってくる。けれど、性分《しょうぶん》は直らない。

落語界の人物のいいところは、懲りないところだ。ことに、黙って鉄瓶下げて風呂屋に行くのどかな粗忽者が江利はいいなと思うが、『粗忽の釘』の亭主はまめな粗忽者。引っ

越し作業をさっさとやってくれと女房にガミガミ言われ、亭主の威厳を示そうと、箪笥《たんす》に火鉢《ひばち》に針箱にひょうたんを包み込んだ風呂敷を背中にしょって、新居に運ぶと言い出す始末。

「よっこらしょのしょ」で立ち上がる、はずが重くて動けない。かけ声を「ヒのフのミ」に変えたら力が出るかもと試してみるが、「ミッ」「ミ！」といくら力んでも、背中の荷物は一ミリも持ち上がらない。

ＣＤ『粗忽の釘』のジャケット写真で、「ミ！」で歯を食いしばる小三治がどんな顔になっているかがわかる。額、眉間、目尻、顎にすごいシワが寄って、写真なのにアニメみたいだ。楽笑の顔芸を見るたびに、よくこんなことができるなと感心するが、噺家というのは表情筋のストレッチもしているのだろうか。

『粗忽の釘』は、上方では『宿替え』というタイトルで呼ばれており、枝雀のものが抱腹絶倒だったとグッチーさんに聞いた。

上方落語は江戸落語より仕込みがくどいところがあり、枝雀が風呂敷に包むのはやぐら炬燵《ごたつ》に漬け物石に端切《はぎ》れを入れたボテ袋、針刺し、おばあさんが使っていたおまるに、お稲荷《いなり》さんと金神《こんじん》さんのお道具を入れる。「そんなことをしたら、神さんのバチがあたる」と反対する女房に、「汚いところにわれわれから飛び込もうというのが、神さんというものがでしょう。せやから、ええんです」と言い張る亭主。これらの上に、さらにひょうたんと竹とんぼをちょこんと載せた大荷物を背負った枝雀は、のけぞった姿勢で膝立ちをし、荷物が重くてビクともしない様子を演じて客席を笑いの渦《うず》に巻き込んだそうだ。

小三治はおそらく、座ったままだろう。力み返った上半身だけで、重さを表現したはずだ。派手な上方と、座布団の範囲から決してはみ出ない江戸の違いが、楽笑とグッチーさんの話から江利にも少しずつわかってきた。

知れば知るほど、落語の世界は面白い。

教室では発表会に備えて『金明竹』を繰り返しつつ、次にやりたいものを探して気もそぞろの江利だが、なかなか決められない。

『大工調べ』をやりかけたが、途中でもっとおとぼけ味の強い噺をやりたくなった。それで、小三治のCDボックスの中から『粗忽の釘』を引き抜いた。タイトルに聞き覚えがあったからだ。

粗忽というのは現代では死語だが、『粗忽長屋』『粗忽の使者』など、落語の世界で生き残っている。おかげで、学校で習った覚えもなく、格別落語ファンではなかったにもかかわらず、どこかで耳にして江利も意味は知っていた。いわゆる、おっちょこちょいだ。

おっちょこちょいなら、世間にざらにいる。江利も軽いミスをしたとき、「もう、わたしったら、おっちょこちょいなんだから」と言うときがある。愛嬌《あいきょう》があって憎めないニュアンスがあるから、自称しやすいのだ。

落語世界の人物といえば、与太郎だ。晴々さんは与太郎がやりたくて落語を始めたそうで、童顔の彼女がやる与太郎はいかにも無邪気な童子で可愛らしい。だが、江利は、あまりやりたいと思わない。

小三治の『大工調べ』における与太郎には愛着を感じるが、それでも、どこか感情移入しきれない。

悪意のない天使と、その存在を優しく受け入れる周囲の人々。世《せ》知辛《ちがら》い世の中に疲れた人々の「こうあってほしい」という願いを反映した、おとぎ話の中のキャラクターとしか思えないせいだ。

その点、粗忽者は違う。そそっかしくて失敗だらけのくせに、ちっとも反省しない。よーく考えてみれば、人間の九割はこのタイプではないか？

例えば、崎川だ。

一カ月前、取引先のミスター文句、渋井をなだめるための接待に彼を連れていった。崎川はたいこもちみたいなところがあり、その場限りの弁舌で人を乗せるのが妙にうまい。その技を渋井丸め込みに使おうと、江利が部長に提案した。できれば、我が身を守る盾《たて》に使いたいと企んでのことだ。

寿司屋のカウンターで江利は渋井の隣に座らされ、ときどき腿《もも》や膝が接するのが気持ち悪くて食べるどころではなかったが、忍《にん》の一字で過ごした。渋井は江利に酌《しゃく》をさせ、機嫌がよかった。

二次会にまで連行され、渋井のカラオケ・アリス連続熱唱にアタリそうになったが、その悪い流れを止めたのは崎川だった。

初の接待同伴で遠慮なくウニだのトロだの食いまくり、調子に乗った崎川は、渋井にもたれかかってグヒグヒ笑いながら囁《ささや》いた。

「店長、うちの吉田のこと、好きなんでしょう。だったら、いじめちゃダメですよ。優しくしとけば、吉田だって寂しいシングルですからねえ。案外、いい線いくかもしれませんよ」

なんだ、こいつは。キャバクラのマネージャーか。江利はとびかかって首を絞めてやろうかと思ったが、渋井のほうが顔色を変えた。

「いじめるって、なんなの。わたしが、いつ、吉田さんをいじめたっての。あんたら、そんな風に思ってたの」

そこから先、渋井は徹底的にスネた。部長が土下座せんばかりに謝り、江利も一緒になって謝ったが、心はスッキリしていた。

あれは、いじめだよ。言いたくても言えないことを、無神経と無遠慮でできている崎川がぶちかましてくれた。

一応矛《ほこ》は収めたが「いじめた」と言われたことに明らかに傷ついた顔の渋井をタクシーに乗せ、見送ったあと、部長が崎川に「おまえなあ」と絞《しぼ》り出すように言った。

「あれは、あと、引きずるぞ。どうするんだよ」

「そんなあ。軽いジョークっすよお。真に受けて怒るほうが、どうかしてますよ」

唇をとがらせる崎川を見て、江利は吹き出した。おかしくてたまらず、しゃがみこんで笑った。

あのときは、胸のつかえが下りた痛快さで笑ったのだと思っていた。しかし、考えてみれば「いじめた」と言われた渋井は、その自覚があったから青くなったのだろう。図星《ずぼし》を指された気まずさから、ますますヘソを曲げたのだ。その子供っぽさが、バカバカしい。

まったく、男っていう生き物は――。

『粗忽の釘』の亭主は、女房に痛いところを突かれてばかりなので意地になり、つかみ出した八寸の瓦釘《かわらくぎ》を無理やり長屋の壁に打ちつける。そこで、女房が見落とした蜘蛛《くも》の巣を発見して、得意がるのだ。

「どこ、掃除したんだよ。見ろ、この蜘蛛の巣。どうだい。てめえなんか、こういう間抜けだよ」

自分が退治してくれると大きな蜘蛛を金槌《かなづち》で追いかけ回し、気がついたら釘は壁を突き抜けて隣家に侵入。粗忽は続くよ、どこまでも——なのだが、こんな風に女房に口出しされると意固地になる亭主像というのも、結婚した友達に「もう、うちのときたら」としょっちゅう聞かされる恨み言と一致する。

そういえば、ぼーっとしてないでさっさと引っ越し荷物を片付けてくれと女房にせかされた亭主が、「うるせえな。俺は今、どこをどうやったら一番早く片付くか、考えに考えてるんだ」と居直る姿などは、身にしみて覚えがある。

「今、考えてるんだから、黙ってろよ」

それは、江利の父親の口癖《くちぐせ》だ。

家の建て替え。生命保険の新規加入。付き合いで買った株をいつ売却するかの決断。土地を一部譲ってほしいという、かなり有利な申し込み。友人が立ち上げた新事業を一緒にやらないかという転職の誘い。

せっかちの母親はじりじりしつつも、父が口癖を持ち出して一喝《いっかつ》するとおとなしく引き下がった。でも、考えたというわりに父が出した結論はいつも「まあ、今回はやめておこう」という消極的なものだった。

こうして「動かざること山のごとし」の家長の威厳で先送りしたところ、家はシロアリに食い荒らされて改築を余儀なくされ、土地の値段は値下がりし、持っていた株は会社の倒産で紙くず同然になり、友人の会社は大成功。父は親譲りで経営している田舎のガソリンスタンドで、虚しく不景気を憂《うれ》えるばかり。

それでも、父は亭主関白《かんぱく》を気取り、母が父の好むものを食卓に載せ、父の衣食住を一から十まで世話するのが当然という顔をしている。つまり、母に甘えているのだ。だから、母がいないと機嫌が悪い。

江利は、気が小さいくせに家庭内では横暴な父に腹を立てていたが、父も結局は『粗忽の釘』の亭主のように、芯《しん》のところで母に頭が上がらないのかもしれない。

韓流ドラマにはまった母のために、江利は韓国ドラマが見られるＢＳチューナー内蔵のテレビを買ってやった。「いい歳をして」と苦り切っていた父が、最近は一緒に見ているという。

落語の世界を知り始めると、最初は笑わせるために誇張して作っていると見ていたお人好しや、見栄っ張りや、粗忽者や、知ったかぶりの愚か者たちが、ああ、こんな人、いるな、これはあの人みたいと、次第に思い当たってくる。

「人間の話なんですよ」と、楽笑は言った。

「だから、やる人間の本性が現れる。ニンが出る、ニンに合うとは、そういうことです」

2

旅館の女将らしく、人慣れしたおかねさん。地域活動の申し子のような、明るくて社交的な晴々さん。働き者の薬剤師らしく、ハキハキしているすみれさん。ジキルとハイドの利休さん。病弱な身体で爆発的な枝雀落語に挑戦するグッチーさん。それぞれインパクトのある受講生の中で、地味なごらんさんは見るからに家庭第一の普通の主婦だ。スーパーのパートをしているというが、稽古用高座に上がっても引っ込み思案《じあん》らしく、目線は下向き、声もくぐもりがちで、見ているほうが緊張する。

堅い殻《から》をかぶっているような生硬さがもどかしかったが、今回、自分で選んだ『饅頭《まんじゆう》こわい』でブレイクしそうな兆《きざ》しをのぞかせた。

怖いものづくしのしゃべりの部分は相変わらず一本調子だが、蛇や蜘蛛を怖がる八《はっ》つぁん熊《くま》さんを「意気地《いくじ》なし」とあざ笑い、自分が怖いのは饅頭だけだという嫌われ者を懲らしめようと、長屋の連中が彼の家に大量の饅頭を投げ込んでからが、急に面白くなった。

ごらんさんはかがみこんで、ひとつずつ饅頭を手に取り「××屋の栗饅頭」「○○堂の豆大福」とぼそっと呟いては、ふたつに割り、頰張って黙々と食べ続ける。無表情にモグモグと食べるさまが、妙におかしい。

最初はシーンとしていたが、グッチーさんが「クスッ」とやってから、クスクス笑いが伝染した。

「おめえは本当は、何が怖いんだい。今度は、しぶーいお茶が一杯、怖い」

さげの言い方はまた一本調子で、しかも言い終わらないうちに頭を下げてしまったが、みんな心から拍手した。

「いやー、よかったですよ」

楽笑が言ったのを皮切りに、みんな仲間たちが口々に褒めた。

「食べ方、リアル」とすみれさんが感心したので、ごらんさんははにかみながら、このために本当に各種の饅頭を買い集め、鏡の前で食べてみたと打ち明けた。

そのとき、横で見ていた娘が「黙って真面目に食べてる顔が、怖い」と言った。ボケたのかと思ってぞっとしたと言われ、ごらんさんは閃いた。これでやってみたら、面白いかもしれない——。

「わたし、おいしそうにニコニコする顔できないから、苦肉の策で」

「自分の柄《がら》を生かすコツを覚えましたね」

楽笑に言われ、ごらんさんは困ったような複雑な表情になった。でも、目はしっかり、笑っていた。

自分の柄を生かす——か。なるほど。わたしの柄ってなんだろう。

江利は考えた。勢いがある、切れがいいと、楽笑は評してくれたが、それって「柄」なんだろうか。

「柄って、個性ってことですか」

質問すると、楽笑は答えた。

「うーん。個性というより、人間性です。同じことみたいですが、違うと僕は考えてるんです。個性というのは持って生まれたもの、人間性というのは生きてきた中でその人が培《つちか》ってきたものという風に思います。ニンが出る、ニンに合うと、僕らの世界では言うんですよ。人と書いて、ニンと読む。その人の人間性が出たとき、噺は息を吹き込まれるんです」

「人間性が、笑いにつながるってことですか」

「そうです。一生懸命になればなるほど、滑稽《こっけい》になる。人が生きるとは、そういうことじゃないですか。客は、今の言葉で言えば『上から目線』で、落語世界の人物をバカなやつらだと見下して笑うんじゃない。自分と同じだから、共感して笑うんですよ。愛しいから、笑うんです」

それはちょっと、わかってきた。やりたい役柄がいなせな棟梁から粗忽亭主に変わったのは、彼が愛しいからだ。でも、果たして、わたしに彼がやれるのか？

江利はさらに質問した。

「わたしのニンって、どんな感じですか」

「それは、自分で見つけてください。小よしさんのニンに合うものが、必ず、ありますよ。落語は奥が深いです。いろんな噺があるんです。滑稽なものばかりじゃない。人情噺もありますが、怖い噺もある」

「『真景《しんけい》累《かさね》ケ《が》淵《ふち》』とか。円朝《えんちょう》のこと書いた本、読みました」

勉強家のごらんさんが、口を挟んだ。楽笑は頷いた。

「ああいう怪談もですが、人の心の闇を突いたものもあるんですよ。『らくだ』とかね」

「あれはわたし、イヤだなあ」

すみれさんが、顔をしかめた。

「志ん朝さんは吹き込んでないですよね。陰惨な話だから、嫌いだったんじゃないかと思うわ」

「『らくだ』は、噺家なら誰でもやりたがる大ネタですよ」

楽笑がわずかにキッとした顔で、反駁《はんばく》した。

「しかし、難しい。おっしゃる通り、誰が聞いても楽しめる、ほのぼのした噺じゃないですからね。それだけに、これをやるときは力が入る。録音発売されているのは、どれもいいものに仕上がってます」

『らくだ』って？

訊こうとした矢先「イヤといえば、わたしは廓《くるわ》噺がイヤ」と、おかねさんが言い出した。

「妾《めかけ》が出てくる噺もヤだな」

「『悋気《りんき》の火の玉』、うまかったじゃないですか」

チェリーさんが笑いながら言った。

「『悋気の火の玉』って？」

今度はすぐに質問を飛ばした。妻と妾があの世に行っても、火の玉になってぶつかり合うというもので、おかねさんに言わせると「女の嫉妬は凄まじい」「女の執念は怖い」という男の偏見に基づいて作られている。そこがなんとも、気に食わないという。

「大ノリでやってらっしゃるように見えましたけど」

利休さんがおしとやかに意見を言うと、おかねさんは照れ笑いで首をすくめた。

「ヒステリーの表現なら、お手の物だからね。あれは楽笑さんに薦められたからやったけど、もう、持ちネタからは削除ですよ。それから、廓噺は絶対、イヤ」

「わたしは抵抗、ないですよ」と、『品川心中』をやったすみれさん。

「鼻の下を伸ばした男を手玉に取るなんて、痛快じゃないですか」

「手玉に取るのはいいけど、『お直し』はイヤだな」と、利休さん。

「亭主が客引きになって、女房を道端で客をひく最下級の女郎として働かせるなんて、惨《みじ》めでやってられませんよ」

「あれは、志ん生、志ん朝という天性の明るさがある名人にして、ようやくやれるものでね。難しい噺ですね」

「わたしは、あれ、好きですよ」と、意外なことにごらんさん。

「いざとなると女は強いって感じで、亭主を叱って、男をたぶらかして。あれ、やったら気持ちいいかもしれないと思う。色気ないから、やれないですけど」

「そうそう。お女郎さんはお色気ないと、いけないですからねえ」

グッチーさんが意見を添えた。

「その点、長屋のおかみさんはいいですよね。『替わり目』なんか、大好き」

「あれはいいですよね。あと『厩《うまや》火事』」

ごらんさんが持ち出して、チェリーさんも加わり、女たちはひとしきり『厩火事』礼賛《らいさん》で盛り上がった。それを知らない江利は楽笑に質問した。髪結《かみゆ》いのおさきが年下亭主の本当の気持ちを確かめる噺とひと言で説明されて、訳がわからない。

だが、小三治ボックスにあったのを思い出した。『らくだ』もあったな。帰ったら、聞いてみなくちゃ。忘れないように、ノートにタイトルを書き付けた。えーと、『お直し』はなかったな。志ん朝がやっているなら、すみれさんがCDを持っているかもしれない。貸してくれるよう頼もうと思ったら、話が別の方向に流れていた。

みんなが『厩火事』を持ち上げる中、おかねさんがまたしてもノーを突きつけたのだ。

「だって、おさきは年上の女コンプレックスで苦しんでるじゃない。あそこが、つらい。あれを女がやると、しゃれにならない気がするな」

「それは、あるかもしれませんね」

チェリーさんが頷いた。

「わたしも大学時代から落語勉強してるけど、女にはやりにくい噺って、ありますね。『目薬』みたいな艶笑《えんしょう》噺は、男の人だといやらしくなくやれるんですよ。女のわたしが聞いても笑えるし。でも、やれないし、やりたくないですよね。逆に女心がいじらしい『三年目』は、昔からやりたいと思ってるんですけど、いざ取り掛かったら、難しくて」

真顔で首をひねるチェリーさんを優しい目で見やった楽笑は、「難しいと思い始めたのが、噺家の道に入ってきた証拠だね」と微笑んだ。

二人の世界にアテられて黙ってしまった受講生仲間に、江利は訊いた。

「『三年目』って？」

後添えをもらったら化けて出ると言い残して死んだ奥さんが、亭主が再婚して三年目にやっと亡霊として現れる噺だと、志ん朝版で聞いたすみれさんが教えてくれた。

あれも「女房がそれほど自分に惚れていると思いたい男のひとりよがりが匂うから、イヤ」と、おかねさんはあくまで闘うフェミニストだ。

そんな彼女のお気に入りは、『天狗裁《てんぐさば》き』。見た夢の話をしてくれない亭主に食ってかかるおかみさんが好き。自分にだけは話せと、大家から奉行、果ては天狗にまで迫られるとんでもない展開がシュールで、かっこいいと言う。

「落語ってすごいなあと、このネタを聞いたとき、思ったの。人間って誰でも、秘密にされると知りたくなるじゃない。この噺は、どこでやっても大ウケする」と、すっかりセミプロの発言だ。

「イヤといえば、さっきの年上の女ってことですけど」

ごらんさんが、おずおずと言った。

「落語だと二十七から三十そこそこが年増でしょう。わたし、あそこを、三十七、八、四十デコボコの粋な年増って風に変えようと思ってるんですけど、いいでしょうか」

「ごらんさん、年増が出てくる噺、やるんですか。『湯屋番《ゆやばん》』？」

チェリーさんに訊かれ、ごらんさんは「まだ、ちょっと考え中で」と言葉を濁《にご》した。

「変えるのは構いませんよ。自分でアレンジしてこそ、噺は自分のものになりますからね」

楽笑が請け合ったところ、晴々さんが「だったら」と口を挟んだ。

「江戸の昔と違って、今は全体に若いじゃないですか。だから、年増は四十七、八、五十デコボコってことにしない？」

「なら、いっそのこと、五十七、八、六十デコボコで」

グッチーさんの言葉に、江利が思わず不規則発言。

「それ、やり過ぎでしょう」

「いいじゃない。今若くても明日にはおばさんだってこと、忘れちゃダメよ。若い人がおばさんをバカにするのは、天に唾《つば》することなんだからね」

おかねさんにビシッと言われ、ひそかに歳に怯《おび》えている江利はぐうの音も出ない。思わずうなだれる横で、楽笑が軽く言った。

「老人ホーム慰問するときは、それにしましょう。七十七、八、八十デコボコの粋な年増ということで」

「それ、確実に笑い、とれますね」

すみれさんが頷いた。

こうして、意見百出のうちに教室は終わった。晴々さんが帰り際「ミー坊さんは、どこかお加減でも悪いの」と、江利に訊いた。

「いいえ。ただ忙しいらしいんです」

「大変なお仕事ですものねえ。よく頑張ってらっしゃると思うわ」

晴々さんはにこやかに称賛した。江利は作り笑いを返した。

友美は確かに大変なことになっており、頑張っているのだが……。

「『粗忽の釘』かあ。あれは楽しいよねえ。自分で詰め込んだ大荷物が持ち上がらないからって、どんどん中味を減らしていくギャグ、志ん朝さんもやってるんだよ」

「志ん朝さん、『粗忽の釘』、録音してる?」

「そうじゃなくて、『富久《とみきゅう》』で出てくるの。トアーッと力むところ、どんな顔するのか見てみたかったねえ。生で見たこと、なかったからなあ」

3

ずっと音信不通だった友美から、久しぶりに夕食を一緒にしたいとメールが来た。何か話したいことがある様子だ。うまく解決しない仕事の悩みだろうか。

励ましてやらねばと約束のイタリアン・レストランに駆けつけると、友美は自分のことを言う前に、江利に「最近、どうしてる」と訊いた。だから『粗忽の釘』に夢中だと話した。江利の近況報告は、それしかない。だが、友美のほうには、落語教室に来られないほどの何かが起こっているに違いない。

落語話をきっかけに、江利は訊いた。

「ねえ、どうして、教室に来ないの」

「それがね」

友美はうつむいて、ため息をついた。切なげでいながら、口元にチラリと恍惚《こうこつ》感が漂っている。

その顔で、ぴんと来た。聞いてもらいたいのは、仕事の悩みなんかじゃない。女が女友達に是非とも打ち明けたい話のトップワン。それは――。

「もしかして、誰か、いる？」

答える代わりに、友美はエヘへと舌を出した。

「なんか、言いにくくてさ」

「どうして。あ、ひょっとして」

江利は周囲をはばかり、ほとんど口の動きだけで「不倫？」と尋ねた。

友美は首を振ったかと思うと、ソフトクリームが溶けるみたいにデレデレくねった。

「シングルだけどね、オランダ人なの」

「ひえー」

驚くと、すかさず携帯を取りだした。写真を見せられる。金髪だ。なかなか、可愛い。

「いいじゃない」

「でしょお。ヤンっていうの」

友美はそうしないとほっぺが落ちちゃうといわんばかりに、両手で頬を押さえた。

「でもね、問題があるんだ」

「言葉でしょう」

友美の英語は江利同様、中学生レベルだ。もっとも、外国語を習得するには恋人を作るのが一番と言うが。

「そんなの、なんとかなるよ。英語の単語と日本語で通じるのよね、これが」

デヘデヘ、自慢げに笑う。勘違いなんじゃないの、それ。突っ込みたいが、こらえる。

ボディ・ランゲージという手があるしな。

「何、してる人なの。英会話スクールの講師とか？」

「そんなんじゃないの。まだ学生」

「がくせい」

てことは、年下じゃないか。確かに、写真の第一印象は「可愛い」。だが、顎髭《あごひげ》を蓄えていることもあり、三十そこそこくらいと勝手に判断していた。

「いくつなの」

「二十四」

「にじゅうよん!?」

もはや、小声でしゃべっている場合ではない。二十四歳の男と付き合ってるだと！　生意気な。裏切り者め。筋違いの怨嗟《えんさ》の言葉がもくもく湧いてくる。金髪の可愛い二十四歳の恋人だなんて、羨ましいにもほどがある。

「あんた、大丈夫。もしかして、だまされてるんじゃない？　お金、たかられてない？」

「留学生でお金ないもん。食事おごるくらいはするわよ。だけど、お小遣《こづか》いねだられるとか、そういうのはないよ。ちゃんとした子よ。大学推薦で来た交換留学生よ。不法滞在者みたいなこと、言わないでよ」

友美は憤然《ふんぜん》とした。

自転車で走行中、脇見運転のトラックにひっかけられて、骨折。友美の勤める病院に入院してきた。友美は賠償金の折衝などの手続きを手伝ううち、ほだされてしまったと言う。

「背が高いのよ。一八八センチ。だけど、オランダじゃ普通なんだって。甘え上手でね。両手を合わせて、『ごめなさーい』なんて言うのよ。『かっなしーねえ』とかさ。それが、もう！」

たまらないらしい。問題というのは、彼の留学期間があと半年で終わることだ。二人の関係には、未来がない。

「彼は日本でビジネスを起こしたいから、また戻ってくるって言うんだけど」

「まだ学生でしょう。日本で起業するなんて、そんなの、いつのことになるか」

冷たく突き放してやると、友美も頷いた。

「そうなのよね。甘え上手だけど、考えもめちゃめちゃ甘くてさ」

世間を知った年上女のつらいところは、若い男の愚かさが見えてしまうことだ。今はこんなことを言っているけれど、国に帰ればあっさり地元で就職したりするんだろう。そして、同じ国の女と結婚する。

それならそれで、こっちも滅多にない国際的ロマンスを楽しめばいいではないか。期間限定がますますコトのありがたみを増して、いやがうえにも気分が盛り上がる。

「なんか、いいな。幸せそう」

「うん。幸せだよ」

友美はヌケヌケと言った。

「落語どころじゃないの。彼のことばかり考えてる。肩を抱かれるだけで、涙が出る。こんなの、久しぶり。落語も楽しかったけど、やっぱり、全然違うよ。江利ちゃん」

そう言う友美の目には、ただ幸せ一点張りとは思えない憂いがあった。

気持ちが盛り上がり過ぎて、やがて手に負えなくなりそう。人を好きになるのがどういうことか知っている女は、そのつらさや痛みも知っている。愚かな若い男が、どんな風に自分を傷つけるかも……。

そうか。『厩火事』のおさきさんが悩むのも、何度もそんな思いをしているからなのね。

恋は悩ましい。江利にも覚えがないわけではない。だからこそ、江利は友美が羨ましかった。年下のオランダ人か。思い出しか残らないにしても、パンチがあるよな。

落語にわくわくする気持ちを、恋に似ていると思ったことがある。

でも、やはり、違うのだろうか。少なくとも落語は、わたしの期待を裏切ったり、冷たく見捨てたり、ひどい言葉で傷つけたりはしないけど。

4

簞笥を背負って新居に向かうはずが、粗忽者の亭主は脇道にそれっぱなしで、迷子になる。やっと日の暮れ近くに到着して、事の顚末《てんまつ》を女房に語るのだが、その間中、簞笥を背負ったままだ。

「でもさ」

例によって、ファミレスで夕食をともにしながら『粗忽の釘』のあらましを話して聞かせると、旬は水を差すのである。

「いくら粗忽でも、着いたら、まず荷物おろすんじゃない？　というか、それだけ疲れてたら、ほっとした途端に荷物ごとへたりこむんじゃないのかな」

「だから、へたりこんで、しゃべってるのよ」

あわてて、頭の中でその図を描いてみた。江利はまだ「場を見る」ところまで、いってない。ただ、やりとりだけで笑い転げていた。

旬にそれを指摘されたような気がして、ムッとした。

「もしかして、わざと難癖《なんくせ》つけてる？　わたしをからかって、喜んでるわけ？」

「違うよ」

旬は驚き、カレーライスを急いで飲み込んだ。

「江利をからかうなんて、そんなこと、考えたこともないよ」

「だって、旬の言ってることって、全部、揚《あ》げ足とりじゃない。荷物をしょったまましゃべってるというのが、おかみさんの台詞でわかってドッとくる作りなんだよ。理詰めで迫ってたら、落語にならないじゃない」

「まあ、話を面白くするためには、そうかもしれないけど」

「面白くするために、わざと間抜けにしてるんじゃないよ。わたしたちの普段の生活だって、こんなもんじゃない。計画通りに間違いなく、きちんきちんと事が運んだこと、ある？」

自分で言って、はっとした。

そうだ。大荷物を背負って外に出た鼻先で、犬の喧嘩に出くわす。とばっちりを受けてよろけたら、ちょうどそこに来たそば屋の出前持ちの自転車とぶつかりそうになり、よけ損ねたそば屋が自転車ごと玉子屋に突っ込む。そばは散らかり、玉子は割れる。玉子屋の主人と出前持ちが喧嘩を始め、野次馬《やじうま》がたかり、白黒をつけるためにみんなと一緒に交番へ——気がついたら、自分がどこにいるのか、どこに行けばいいのか、わからなくなっている。

人生って、そんなもんじゃなかったか？

わたしは、そうだ。江利は目をパチクリさせた。

自分の粗忽を棚に上げ、無駄に意地を張って墓穴《ぼけつ》を掘る亭主を、崎川や父親に当てはめて笑っていたが、意地で背負った荷物ごと、目の前にやってきた出来事に引っ張られて右往左往。いつのまにか日が暮れて、行くべき場所がわからない——こんなおっちょこちょいぶり、わたしには他人事《ひとごと》です、なんて、とても言えない。

「まあ、そう怒らずに、その先、聞かせてよ」

旬は機嫌を取るつもりか、本当に知りたいのか、口を閉じて考え込む江利を促《うなが》した。

亭主はもといた家に戻り、大家さんに新居に連れていってもらう。新居は旧居の近所だったのだ。亭主は確信が持てず「ごめんくださーい。お尋ねしますぅ」と他人行儀に呼ばわると、女房が出てくる。

「おまえさん、何してんの」

「あー、おめえかあ。会いたかったあ」

ほっとした亭主は、よれよれの涙声で本音をもらす。

会いたかった。

いい言葉。なのに、女房は「会いたかったじゃないよ。どこ、ほっつき歩いてんだよ」と邪険《じゃけん》だ。一服させてくれという頼みもはねつけ、ほうきをかける釘を打てと命じる。

「それ、あんまりじゃない」と、旬は言う。

「そりゃ、悪いのは亭主だけど、箪笥背負って何時間も放浪してたんだよ。煙草一服くらいさせてやっても、いいじゃない」

「一服すると、それで完全に脱力して何にもしなくなるのがわかってるからよ。そういうもんでしょ。残業して、あと少し残ってるってとき、ちょっと休むともうやる気がしなくなるとか、あるじゃない」

「そうかなあ。短い休憩をとるほうが合理的だと思うけど」

「ねえ、なんで、そんな話になるの。そんな突っ込み、意味ないじゃない。これはこういう噺なんだから」

「そうか。つい、この亭主に同情しちゃってさ。でも、江利だって、おかみさんの弁護してるじゃない」

「それは、だって」

わたしが弁護してるのは、落語そのものよ。江利はその答を呑み込んだ。

まあ、今回に限っては、旬の言うこともわかる。実際、亭主は釘を打ち込んだ謝罪に行く道すがら「なんだ、あいつは。ご苦労さまとか、疲れたでしょうとか、大変だったわねとか、なんか言ってくれてもよさそうなもんじゃないか」と、おおいにムクれる。

それくらいは言ってあげなきゃなと、江利も思う。だって、この亭主、可愛いんだもの。

「落ち着いたら一人前」という女房の言葉を思い出した亭主は、落ち着くべく隣家に上がり込んで一服つけているうちに、なぜか夫婦の馴《な》れ初《そ》めを語ることに。

「あっしんとこね、くっつき合いなんすよ」

落ち着き過ぎて、しゃっちょこばったしゃべり方をしていた亭主が、急にデレデレし始める。

彼が出入りの大工として働いていた家に、見習い奉公に来ていた娘が、弁当を食べるたびにお茶を淹《い》れたり、おかずを持ってきたり、なにくれとなく面倒を見てくれる。

「これはほっとく手はねえなと思ってね。縁日《えんにち》に誘ったんすよ。そこでね。あっしゃあ、腰巻き買ってやったんすよ。そしたら、もう、喜びましてねえ。まったく、女なんてもなあ、つまらねえもんで喜んだりなんかするもんすねえ。まあ、それが縁でね、一緒になったんすけどね」

思い出し語りでいい気持ちになった亭主は、用件をすっかり忘れて「じゃ、ごめんください」と帰りかける。またしても粗忽の本領発揮なのだが、こののろけ語りに江利は参ってしまった。

友美はオランダ人の「ごめなさーい」や「かっなしーねえ」にとろけているが、江利は女房に面と向かったときは強がっている亭主が、他人にのろけるときはデレデレになる、その無防備な人の好さがたまらなくセクシーだと思う。

「女なんてもなあ、つまらねえもんで喜んだりなんかするもんすねえ」と語る小三治の、含み笑いでひっくり返ったのろけ声から、女が喜ぶ様子が嬉しくて仕方ない男の無邪気な情愛が溢れている。

「そうよ。女なんて、つまらないもので喜ぶんだよね」

言いながら、旬をすかし見た。旬は淡々とサラダを頬張っている。聞こえないふりか？

「あなたって、わたしに何かプレゼントしてくれたこと、ないね」

「あ、そういう話？」

旬は、とぼけた。

「なんか、欲しいの」

「欲しいよ。ティファニーの指輪とか、そういう、いかにも特別って感じのご大層なものじゃなくていいの。なんか買ってあげようっていう、その気持ちが嬉しいのよ。そうか。旬は、そういう気持ちになったことがないんだね」

ため息混じりに責めると、テキはさすがにムッとした。

「ニューヨークのお土産、あげたじゃない」

「ああ」

古本屋で買ったという一昔前のニューヨークの写真をあしらったポストカードと、近代美術館のロゴ入りマグカップ。受け取ったときは嬉しかったけれど、その後、旬があれと同じものを他の友達にも配ったと知って、ガックリきた。マグカップはペン立てとして使っているが、それを見て思い出すのはその他大勢と一緒くたにされた口惜《くや》しさだ。

「ほら、忘れてるじゃない。そんなんじゃ、あげたほうの気持ちはどうなるんだよ」

「——ごめん」

下手《したて》に出ると、旬はすぐに機嫌を直した。

「まあ、いいよ。大体、品物で気持ちを確認するのって、なんか、さもしいじゃない。そんなの気にしないでいいのが、僕と江利の付き合い方の素敵なところだと思ってたんだけどな」

素敵？

そんなの、ちっとも素敵じゃない。

喜ぶ顔が見たいと思ってほしいよ。縁日に一緒に出かけて、安物のヘアクリップ一個でも買ってほしいよ。そして「あんなもんで、喜びましてねえ」と、人にデレデレ話してほしいよ。

家に戻ると急に寂しくなって、友美に電話した。旬は思い出に残るようなプレゼントをくれたことがないと愚痴ると「あの人と江利ちゃんって、もう夫婦みたいな感じになってるんだと思う。結婚したら、奥さんに気を遣わなくなるじゃない」と優しい声でなだめてくれたが、慰めになってない。

結婚してないのに古女房扱いされるなんて、最悪じゃないか。

「友美の彼は、何かプレゼント、してくれた？」

「お金、ないからね。でも、いいんだ。彼の笑顔が一番のプレゼントだもん」

「いいねえ。今、一番いい時期だねえ」

ここから先は下り坂のニュアンスを、つい含ませてしまう。

楽しいのも今のうち。若いオランダ人は年上の日本女を食って、国に帰っちまうのさ。蝶々《ちょうちょう》夫人を置き去りにしたピンカートンみたいに。

「あ、帰ってきた。ごめん、切るね」

「帰ってきたって、友美」

「ときどき、泊まりに来るの。プチ同居」

早口で言って、一方的に切りやがった。切れる間際に、トモミィと呼びかける男の声がちらっと聞こえたような気がした。

チェッ、いいなあ。誰かが帰ってくる暮らし。

「あー、おめえかあ。会いたかったあ」

小三治の半泣きの声に、胸がキュンとなる。こんな声、出せない。それより、こんな声を聞きたいのだ。それも、直《じか》に。

江利はプレイヤーから、『粗忽の釘』のCDを取り出した。くっつき合いで出来上がった夫婦の噺なんて、やりたくなくなった。聞きたくもない。今夜は何故か、つらい。

　こういうときは、泣かせる噺がいいのかも。

古くさくて、気が滅入《めい》りそう。そんな先入観から遠ざけていた人情噺を探そうと、江利はCDボックスに手を伸ばした。

秋風亭小よしこと、江利の知ったかぶり落語用語解説　その四

三遊亭円朝《さんゆうていえんちょう》　幕末から明治にかけて活躍した落語界中興《ちゅうこう》の祖。創作を得意とし、『文七《ぶんしち》元結《もっとい》』『真景累ケ淵《しんけいかさねがふち》』『牡丹灯籠《ぼたんどうろう》』などは、単なる人情噺・怪談噺に終わらない、人間の業《ごう》にまで迫る作風から、後世の噺家が課題として取り組む大ネタとして残っている。二葉《ふたば》亭四迷《ていしめい》、夏目漱石《なつめそうせき》など近代文学の形成にも影響を与えた。つまり、落語は教養の一部なのですね。

『真景累ケ淵《しんけいかさねがふち》』　欲と恨みと嫉妬、因縁因果の渦巻く怪談噺の傑作。数日にわたって演じられるほど長大で、そのすべてをやれる噺家は稀少。それだけに、力のある噺家ほど挑戦したくなるみたい。怖いけど面白いので、芝居として上演されることも多いんだって。

艶笑噺《えんしょうばなし》　バレ噺ともいう、エッチな噺のことですね。ものがものだけに、女性客も多い

寄席などではあまり演じられない。やる場合は、かなり薄められる。本格的になると、かなりだそうです。なので、シークレット・ライブ的にやるときもあるとか。知らないけど。

『替わり目』酔っぱらい亭主が、女房に酒の肴《さかな》を買ってこいとからむ噺。志ん生が、亭主が女房への感謝を一人語りする心温まる夫婦の情愛噺にリメイクして以来、そのスタイルが定番となった。酔っぱらい演技が見所ですね。

『お直し』遊郭では一回の遊び時間が線香一本分。延長することを「お直し」と言うが、「もう終わり」を告げる合図の言葉でもある。この噺では、女房に客をとらせた亭主が嫉妬して「お直しになるよ」を連発するところに、おかしさと哀しさがある。志ん生の長男で志ん朝の兄、早く亡くなった十代目金原亭馬生《きんげんていばしょう》の『お直し』は切なくて、小よし、泣きました。

『湯屋番《ゆやばん》』ノーテンキな若旦那が騒動を起こす若旦那もののひとつ。風呂屋の番台に座った若旦那が、仕事ほったらかしでいい女との妄想に走る。ほんと、男ってのは、しょうがないねえ。

『富久《とみきゅう》』　年の瀬になけなしの金をはたいて富札（今の宝くじ）を買った幇間《ほうかん》の久蔵《きゅうぞう》が、お得意さまの火事見舞いに行き、その間に自分の家が焼けて富札も焼けてしまったと思いきや――。お調子者のすっとこどっこいぶりで笑わせどころの多い、華やかで楽しい噺。

その5

俺のほうじゃあ、誰も死なねえ

こんちきしょう。待ちやがれ。待てってんだよ、こんちきしょう。あぶねえじゃねえか。

1

橋から川に身を投げようとしている男を止めようと、とっさにつかみかかった長兵衛《ちょうべえ》の口から流れ出る鮮やかなべらんめえ口調の「こんちきしょう」。

相変わらず、小三治の江戸弁は気持ちいい。だが江利は、この長兵衛が気に入らない。

恋に夢中のあまり、落語教室に来なくなった友美ののろけを聞いて以来、江利は落ち込み気味だ。恋愛体質ではないつもりだったが、現在進行形の幸せを見せつけられると、羨ましく、妬ましく、誰にも愛されていない自分が情けなくてたまらない。

おかげで、心が沈んでいるときに滑稽噺は向かないと知った。ダメ人間たちののどかな笑い話を楽しめるのは、精神が安定している証拠だ。何かの拍子にひねくれてしまうと、大口あけて笑う気力がなくなる。

それで、人情噺の代名詞のような『文七元結《ぶんしちもっとい》』を聞いてみた。

すると、これがひどい噺だったのだ。

博打《ばくち》で借金まみれになった左官《さかん》の長兵衛。家財道具はおろか、女房の腰巻きまで金に替え、それでも博打をやめないから、とうとう売るものが何もなくなった。

事態を見かねた一人娘のお久《ひさ》が、自分から吉原に身を売りに行く。お久の健気な決意に胸を打たれた廓《くるわ》の女将が長兵衛に五十両の金を貸してくれるが、来年の大晦日《おおみそか》までに返せなかったら、お久を女郎にするという条件付きだ。

さすがの長兵衛も目が覚めて、博打とは縁を切り、必ず期限までに金を返すと胸に誓って帰る途中、川に飛び込んで死のうとしている若い男に出くわす。

彼は、掛け取りに行って預かってきた五十両をスリに盗られてしまい、主人に合わせる顔がないから、死んでお詫《わ》びをするというのだ。

長兵衛は、彼の生命を救うために、お久が身を売ってこしらえた五十両をやってしまう。

なんだ、この父親は！

博打にはまって、カモにされっぱなし。家に帰って女房になじられると、痛いところをつかれた口惜《くや》しさから暴力を振るうのだから、最低のＤＶ男だ。

娘の犠牲で改心したと思ったら、金をすられて面目ないから死ぬなどとほざく、自分勝手な現実逃避野郎にくれてやるなんて！

「やるよ」ってのは、なんなのよ。せめて「貸してやる」にしなさいよ。そいで、借用書書かせなさいよ。ある時払いの催促《さいそく》なし、利子もなしなら、御《おん》の字じゃないのさ（落語のおかげで、こういう言葉がスラスラ出る）。

人を助けて、自分は気持ちいいかもしれないけど、そのために女郎にされるお久はどうなるの。

しかもだよ。この文七という自殺未遂男は、五十両をすられたのではなかった。掛け取りに行った屋敷に置き忘れてきたのだ。

もう！　バカ。マヌケ。そんなおっちょこちょいのために、お久は女郎にされるのだ。

本来、家を助けるためにそうしたのに、父親が大事なお金をよそに回してしまったのだから、生活は苦しいままだ。それでは、お久の犠牲的行為の意味がなくなるじゃないか。

長兵衛は、文七に言う。

「この金がなけりゃ、おまえは死ぬんだろう。俺のほうじゃあ、誰も死なねえ。かかあがギャーギャーわめいて、娘が女郎になるだけだ」

だから、死ぬのをやめて、この金を持っていけというのが長兵衛の理屈だ。

なに言ってんのさ、この唐変木《とうへんぼく》。女郎になるだけってのは、なんなのよ。だけってのは。

これは円朝の手による名作だというが、江利は納得できない。毎晩、好きでもない男に身体を売るというのが、女にとってどんなにつらいか、わかってない！

一回聞いただけで、江利の頭は沸騰《ふっとう》した。それで、楽笑に訴えた。

「これのどこが、いい噺なんですか。そりゃ、落語は男が作って、男が演じる、男の世界だったせいかもしれないけど。貧しい家の娘は売られるのが当たり前の時代だったかもしれないけど」

楽笑は目をくりくりさせて、微笑んだ。

「死にたいやつはほっとけ、ですか？」

「そうですよ」

江利は息巻いた。

長兵衛も気に入らないが、文七はもっとひどい。

娘が身を売って作った金だと聞きながら、自分はちゃんと仕事をしたとばかり、しらっと主人に金を渡すのだ。真面目で誠実な人間なら「これこれこういう事情で、通りすがりの親切な方からいただいたお金です。死んだ気で働きますから、許してください」と、正直に話すべきだろう。

この噺は、長兵衛のしたことに感動した文七の雇い主がお久を身請《みう》けして、文七と夫婦にし、二人は末永く幸せに暮らしましたとさ、めでたしめでたし——で終わるのだが、江利は文七がお久を幸せにできるなんて、とても思えない。

大金を置き忘れて、風体《ふうてい》のよくない男にぶつかられたから、すられたと思い込み、動転した挙げ句、自殺という解決法しか思いつかないすっとこどっこいだよ。気の小さい、弱虫じゃないのさ。こんなのと結婚したら、お久ちゃん、苦労が絶えないよ。まったく！

興奮してまくしたてると、闘うフェミニストのおかねさんが「人助けまではいいとして、見つかりましたからとお金を返しに来たのに、一度やった金だから受け取らないと長兵衛が言い張るのは、江戸っ子のやせ我慢にしても抵抗あるのよ、わたしも」と加勢した。

「お金の押し付け合いは、からっとした笑い話になってるほうが楽しく聞けますよね」

江戸っ子二人が、落とし物の財布の中味を押し付け合って喧嘩になる『三方一両損』を稽古中の利休さんが、おっとり言った。

「娘が身を売る噺だから、女性としては、やっぱり受け容《い》れにくいところがありますよね」

チェリーさんは頷き、すみれさんは「ベテランのお女郎さんになっちゃってからの噺なら、けっこうノレるんですよね。なぜだろう」と、考える顔になった。

「そこですよ」

楽笑が言った。

「俺のほうじゃ、誰も死なない。小三治の長兵衛はそう言いますね。志ん朝の長兵衛は、女郎になったって、お久は死なないと言ってます。文七は、自分が情けないから死のうとする。でも、苦界《くがい》に落ちても、女郎たちは死なない、明日食べる米が一粒もない惨めな暮らしでも、長兵衛たちは、いっそ死んでしまおうとは思わない。なぜだと思います？」

みんな、一様に黙った。

「女は、強いからね。貧乏人ていうのも、しぶといのかも。ヘンなプライド、ないから」

やがて、おかねさんが愉快そうに言うと、グッチーさんが「わたしは、それこそ病気で何度も死にそうになったし、あのとき死んでればと思ったことも一回や二回じゃないけど」と、首を傾げた。

「でも、自殺なんて、怖くてできませんでしたよ。なんで生きていたいのかわからないんだけど、とにかく、死ぬこと考えたら、それだけでぞっとします」

落語教室なのに雰囲気がシリアスになり、江利はあわてた。楽しむために、みんな、集まっているのに。

「すいません。なんか、ヘンな話題、持ち出して」

「ヘンじゃありませんよ。僕は、小よしさんの怒ってる顔見てたら、イメージが湧いてきました。お久の幼なじみで、隣に住んでるお花坊《はな》。長兵衛のしたことを聞いて、怒鳴《どな》り込む。裾《すそ》短かに着た洗いざらしの絣《かすり》に、下駄をはいて、両のこぶしをきつく握りしめて、長兵衛を睨みつけて、こう言うんです」

楽笑は鼻の穴をふくらませて、声を張った。

「お久ちゃんは、そんな男のために身を売ったんじゃない。おばさんが苦労してるのを見かねたからじゃないの。おじさんが勝手にしていいお金じゃないんだ。どこのどいつにお金を渡したの。わたしが行って、取り返してくる。お金がなかったら死ぬっていうんなら、わたしがその男を橋から突き落としてやる！」

江利はまじまじと楽笑を見つめた。そうだ。わたしは、長兵衛にそう言いたい。

「落語の世界に入りましたね、小よしさん。でも、まだ入口だ」

楽笑は再び講師の顔に戻った。笑顔だが、目は鋭い。

「なぜ、噺家という噺家がこれをやるのを念願とするのか。小三治のでも、志ん朝のでも、よーく聞いてみてください。小よしさんは、お久の身の上に同情する長屋の住人になれた。もう一歩踏み込んだら、長兵衛の肚《はら》がわかると思いますよ」

そうだろうか。江利はへの字に口角《こうかく》を下げた。

博打に狂って家族を窮地《きゅうち》に追い込んだバカ父親の気持ちなんか、わかりたくない。廓噺はやらないと決めているおかねさんに賛成。

名作の誉《ほま》れ高くても、わたしは認めない。こんなの、ダメ男の自己弁護だ。許せん！

江利の不満顔を見逃さなかったらしい。楽笑はやおら、両手を前に突き出して、誰かの胸ぐらをつかむ所作をした。

「この金がなきゃあ、おめえは死ぬんだろう？　死ぬんだろう？　俺のほうじゃあ、誰も死なねえ。女郎になったって、お久は死なねえんだ。だから、この金、おまえにくれてやるってんだよ。持ってけ、こんちくしょう！」

最初のほうは苦しげで、真ん中は悟《さと》りが入り、最後は怒号《どごう》だ。

みんな、息を呑んだ。楽笑はすぐに、おっとりした顔つきに変わる。

「番頭さん。わたしは堅物《かたぶつ》で吉原のことは不案内だ。おまえさん、わかるかい」

文七の雇い主、近江《おうみ》屋の主人が現れた。

ついで、上手《かみて》に顔を向け、ふるふる首を振って「いーえ、とんでもない。吉原がどっちの方角にあるかも、存じませーん」

見え透いた嘘をつく番頭だ。しーんとした雰囲気が一気にほぐれて、みんな笑った。

「シリアスな噺だけど、ちゃんと笑いどころが入ってる。人情噺でも、落語は落語です。そこがまた、面白いんですけどね」

「『子別れ』もいいですよね」

それをレパートリーにしている晴々さんが言った。

「あれ、最初やったとき、お稽古するたびに泣けてねえ」

「晴々さんのきん坊は可愛いのよね。おとっつぁん、あたいね、鉛筆買いたいんだ」

喉元で両のこぶしを合わせて子供の形を作ったチェリーさんが、きん坊の台詞を言ってみせる。すると、他のみんながガヤガヤと、それぞれお気に入りの噺の中の子供についてしゃべり始めた。いつもの教室のムードが戻ってきたので、江利はほっとした。

だが、割り切れない思いが残った。長兵衛やお久が実在するわけでもないのに、このままにはしておけず、やたらと気が揉《も》める。

2

『文七元結』がもたらしたモヤモヤを忘れるために、ひたすらダメ男が可愛くもおかしい

『猫の災難』や『天災』を聞いてみた。おかしくて笑えるのだが、だからといって「これだけでいいや。人情噺はやっぱり古くさすぎて、やる気になれないもん」と切り捨てられない。

楽笑は「もう一歩踏み込むって、どういうこと。真面目に生きている女のわたしが、家族を路頭に迷わせるような破滅型の男の心なんか、わかるはずがないし、わかる必要もない。趣味で習っている落語じゃないか。イヤなものはイヤで、いいんだ。『文七元結』が大嫌いと言ったところで、円朝の幽霊に祟《たた》られるわけじゃない。

それでも、気になる。

俺のほうじゃあ、誰も死なねえ。女郎になっても、お久は死なねえ。

この台詞が胸に響いて、いつまでも消えない。たかが落語なのに、噺家修業をしているわけでもないのに、江利は悩んだ。

そんなとき、弟の太一郎《たいちろう》が江利のアパートにやってきた。

今年三十歳の太一郎は、頭の出来がそういいほうではなく、ゴルフ好きの父親のコネで地元のスポーツ用品販売店に就職した。大学時代からの恋人と結婚し、実家に近い新興住宅地の建売住宅に住んでいる。

小さいときから、成績はよくないが素直な性格で、周囲のウケは悪くなかった。

それでも、一度はワルを気取りたくなるのが思春期というもので、太一郎も中学三年のとき、髪を茶色に染めるところから始めようとした。ところが、生まれ持ったアトピー体質の悲しさ。染髪剤にかぶれて、頭ばかりか顔まで真っ赤に腫《は》れ上がった。それ以来、ピアスもタトゥーも、アレルギー反応が怖くて手を出せなくなった。

十代の反抗は、形が生命である。外見のワル表現に挫折した太一郎は、スポーツ応援おたくの道に活路を見出し、女子バレーや卓球の観戦にいそしんで今に至っている。三歳と二歳、年子《としご》で生まれた子供の面倒もけっこう見ているマイホームパパだ。ただし、母は「孫は可愛いというけど、毎週預けられちゃ、かなわない」とぼやいていた。

江利は、それを嬉しい悲鳴と受け取った。微笑ましい家族のありようが、大変、めでたい。

かくのごとく、こぢんまりと破綻のない人生を送っているはずの弟が、「折り入って話がある」と、物凄い言葉を持ち出してきた。

普通、この言葉を露払いに従えた本題は、ろくなものではないと決まっている。

借金の申し込みか。浮気の悩みか。実は連続殺人犯だという、衝撃の告白か。

江利は身構えつつ、夕食のテーブルにすき焼きの鍋を出した。焼酎のお湯割りも用意した。

太一郎は眉間に皺を寄せ、機械のようにパクパクと肉を頬張った。自然と江利が機嫌をとるような口調で、甥《おい》と姪《めい》の様子などを訊いた。弟は短く答えたが、肉をあらかた食べ終えたところで、ついに口を切った。

それは、父が経営しているガソリンスタンドの後継者問題だった。

両親はかねがね、江利と太一郎には好きな道を行けと言っていた。

たかだか田舎のガソリンスタンドだ。こんなところで朽《く》ちることはない。夢に向かって、突き進めと。

江利と太一郎はありがたくおおせに従い、好きなように生きてきた。ただし、夢に向かって突き進んでいるとは言い難い。普通のOLとサラリーマンだ。

ことに江利の場合、近頃めっきり、自分の生き方はこれでいいのかという疑問にまとわりつかれて、疲れ気味だ。

生きてて、よかった——そんな手応えが、まったく感じられない。でも、ならば、どうすればいいのか、あるいは、本当はどのように生きたいのかを自分に問いかけても、答が出ない。とりあえず、我慢できない環境ではないからここにいるということでお茶を濁している自分に、忸怩たる思いを拭えない。

しかし、実家に帰れば、自然と順風満帆の顔になる。三十過ぎて、結婚の気配もなく、何やってんだかと、両親に思われたくないのだ。立派に自活している社会人としての意地がある。

今年の正月も、どこかよそ行きの顔で家族と新年の乾杯をしたのはいいが、酒で目の縁《ふち》を赤く染めた父が太一郎に、ガソリンスタンドを継ぐ気はないかと言い出したから、驚いた。

老いを感じるようになって、やる気が出ない。商売をたたんで、土地を売った金で細々暮らそうかとも思ったが、若い太一郎がここで新しい商売を始めてもいいのではないか。

江利は、太一郎にその気があるなら、チャレンジすればいいと賛成した。この際、土地の名義を弟に書き換えても、姉として異議申し立てはしないと請け合いさえした。

そうすれば、老いゆく両親のそばに弟夫婦がいてくれるから、江利としては大変都合がよい。財産といったって、田舎の土地くらいのものだ。親の面倒を見てくれるなら、弟が全部持っていっても構わないと、江利は考えた。

今の時点の江利には、あてにされるのが自分ではないのが、なにしろありがたい。三十三歳は遊び盛りだ。抱える問題は、できれば恋愛関係だけにとどめておきたい。それがないことだって、大きな悩みなんだから——。

「折り入ってって、あの話が本格化しそうってこと？　なら、わたしは、あのときも言ったけど、賛成だよ。相続問題で何か一札書かなきゃいけないんなら、いつでも書くよ」

すき焼き鍋にご飯を入れて玉子でとじる、姉弟にはなじみの我が家流おじやを作りながら、江利はなるべく明るく言った。

「ことは、そう簡単じゃないんだよ、姉ちゃん」

太一郎はふつふつ煮える鍋に目を落とし、憂鬱そうに言った。

「父ちゃん、どうやら、初老期ウツってやつらしいんだよ。すっかり、家に引きこもっちゃって、どうかすると涙ぐんで飯もろくに食わないから、母ちゃんが参りかけてる」

父は六十二歳だ。サラリーマンなら定年によるウツというのが考えられるが、自営業者なら、まだまだ現役でやれる年齢だ。

弟によると、ガソリンスタンドを巡る状況が厳しく、父が知っている経営方法では生き残りが難しくなっている。元売り会社からいろいろなリニューアル・プランを突きつけられ、「俺はもう、ついていけない」とガックリきてしまったらしい。

田舎で広い土地を持って商売を続けている家は、けっこう子供が跡を継ぐ例が多い。サラリーマンもぼやぼやしていられない世の中になり、雇われているよりはましかもと、帰郷を選ぶ若年層がいるということらしい。

「だから、ウチもって、母ちゃんが言い出したんだよ。父ちゃんは、家土地、全部売って、それで小さいマンションでも借りて引退暮らしをするとか言ってるけど、母ちゃんは冗談じゃないって。まだ五十代だからね。母ちゃんが言うには、父ちゃんのウツは、自分じゃ現状打破ができないのが原因なんだから、問題を引き受けてくれる人がいたら、治るはずだって。父ちゃんは結局、新しいことができない意気地なしなんだって。母ちゃん、たまりにたまった不満を父ちゃんにポンポンぶつけてさ。父ちゃん、その通りだって泣くんだよ。たまんないぜ。わかった、やるよとしか言えないじゃないか」

「言ったの」

「言ったよ」

自分がいないところで、そんな話が進められていた。江利は複雑な気持ちになった。そういえば、自分のことに気をとられて、母に電話で様子を訊くこともしていない。便りがないのは、いい便り。親も自分も、互いにそう思って安心しているのだと決め込んでいた。

思えば、正月に飛び出た跡継ぎ問題が、両親の老化のサインだったのだ。でも、口だけのことだと軽く受け流した。親が何を考えているのか、顔色を読むとか、口に出して訊いてみるという気遣いを、まったくしなかった。

申し訳ない気持ちが三割、ああ、面倒くさいことになったなという憂鬱が七割の全面ブルーが、江利の心にたちこめた。言葉もないが、何か言わねば。

「そう……大変だったね」

「だったね、じゃないよ」

太一郎が初めて、正面から江利を責める目で見た。

「これからだよ、大変なのは。家を継ぐってのは、俺にしてみたら、今までの生活を全部捨てて、一からやり直すわけだから、すごい犠牲を払うことなんだよ。一国一城の主《あるじ》って言えば聞こえはいいけど、父ちゃんをウツに追いやったリスクをそっくり受け継ぐってことなんだからな。俺は徳川秀忠《とくがわひでただ》に同情するよ」

「秀忠?」

「徳川幕府の二代目だよ。家康《いえやす》ジュニアなのに、大河ドラマの主役を張れない、影の薄い二代目将軍。エピソードが少ないから、時代小説ではたいがい悪役だよ。頑張ったのに、評価されないんだ。三代目の家光《いえみつ》ばっかがスターでさ」

我が家の事情を徳川幕府になぞらえるか。江利はちょっと、鼻先で笑った。すると、太一郎が下からよくない目つきで睨んだ。

「とにかく、俺はなんとか、切り抜ける方法を考える。だけど、姉ちゃん一人が関係ありませんて顔で今まで通り、気楽にやってくのかと思うと、すげえ腹立つんだよ。長女じゃないか。会社休んで、父ちゃんと母ちゃんの様子見に行くとか、しろよ。この頃じゃ母ちゃん、飯も作らなくなってるんだぜ。作ったって、父ちゃん、食べないからさ。毎日、コンビニの弁当だ。夫婦のどっちかがウツになると、片方に伝染《うつ》るっていうから、このまま、どんどん悪くなっていったら、目が離せなくなるかもしれない。そうなったら、姉ちゃん、親の面倒見るために、会社辞められるか。でなきゃ、家政婦やヘルパー雇う費用、出せるか？ 自分だけ、何の負担もなしなんて、俺は許せないぞ」

「そんなことになってるなんて、知らなかったもの。お母さん、なんにも言ってこないし」

「姉ちゃんは一人で頑張ってるからって、母ちゃんは言うんだ。女が一人で生きてくのは大変なんだとかなんとか。俺には家族がいるけど、江利は死ぬまで独身で頼る人がいない人生を送るだろうから、可哀想だって」

え。母は、そんな風に自分のことを見ているのか。そっちのほうが、ショックだ。結婚もせず、わびしく暮らすと見限られてしまった。

「俺に言わせりゃ、そんなの、不公平だよ。俺が頑張ってないみたいじゃないか。家族がいるから、大変なんだぞ。姉ちゃん、わからないだろう。シングルで働いて生きるくらい、楽なことはないんだからな」

そこまではっきり言って、ようやく太一郎は口を閉じた。息を切らしている。

お説、ごもっとも。太一郎が言う通り、一人で飄々《ひょうひょう》と生きるのって、一番、楽だよね。手応えがないなんて、贅沢な悩みでした。家族を養うとか、ビジネスをつぶさないように資金を回転させるとか、それはすべて重荷を背負うことなのだ。弟よ、すまん。

「家のことでお金がいるようになったら、できるだけのこと、するよ。わたしだけ楽しようなんて、思ってないよ」

太一郎は、気まずそうに目をパチパチさせた。そして、江利がぼんやり手を添えていたお玉を受け取って、自分ですき焼きおじやを茶碗によそった。それを見て、江利も自分用にとった。姉と弟は、しばらく無言で家の味のおじやを食べた。

子供の頃は、これの奪い合いをしたものだ。

「姉ちゃんが玉子の黄色いとこ、全部とったあ」と太一郎は泣き、「ちゃんと半分こにしました。ターくんはすぐ食べちゃったから、なくなったんです」と、江利はしらばっくれた。

江利は、弟がぼんやりしているのをいいことに、いつもおやつを多めにぶんどった。そうしながら、子供心に悪いことをしたなと思っていた。弟へのそんな罪悪感は、大人になっても消えてない。

「ごめんね」

今、謝ったのは、小さいときのぶん。

「わたしにできることあったらするから、言って」

これは、これから先のぶん。

太一郎はおじやに目をやって、ぼそっと答えた。

「ガソリンスタンドにコンビニとカフェを併設するっていうプランが元売りから提案されてて、うちのがカフェやりたいって言ってるから、まったく夢がないわけじゃないんだ。でも、世の中、厳しいからさ」

「うん……」

夢は、ただ夢見ているうちが華《はな》かもしれない。現実になった途端、夢は夢でなくなる。そして、現実にはリスクがつきものだ。

太一郎の不安は、よくわかる。姉と弟に共通する小心は、父親譲りなのかもしれない。

それでも、弟はリスクを引き受けた。江利の胸では、引け目の穴が広がるばかりだ。

3

自虐的になったとき、慰めてくれそうなのは、幸せな人だ。幸せなら、余裕があるから、優しくしてくれるだろう――というのは言い訳で、とにかく胸のつかえを吐き出してしまいたい江利は、友美をランチに誘い、弟になじられたことを話した。

「わたし、つくづく、自分のこと、しょうもない人間だなあって思っちゃった。友美はエライよね。いい仕事してるし、彼氏とはラブラブ真っ盛りで、羨ましい。今のわたしは、いいところがなんにもないよ」

苦笑いが屈折して、へんに明るい調子でしゃべり終えたが、友美は黙ってサラダをつついている。何も答えてくれない。

「なんか、怒ってる？」

「そういう、自分を必要以上に卑下した言い方って、聞いてるとイライラする」

あちゃー。機嫌の悪いときに、当たってしまったみたい。とりあえず、謝ろう。

「――ごめん」

友美は食べる手を止めて、厳しい目つきで江利をじっと見た。

「江利ちゃん、恋愛って、したことないのね」

ずばり言われて、ムッとした。したこと、あるわい！　でも、人に語れるほどじゃない。旬とのことも、どっちつかずだし……と、ムカつきも腰砕け。

「ラブラブ真っ盛りが羨ましいなんて、人を好きになる苦しさを知らないから言えるのよ」

「でも……ラブラブモードじゃないより、ましでしょう」

あんただって、ついこの間まで幸せそうにのろけまくってたじゃない。あれは、自慢だったじゃない。そう言いたいが、我慢した。友美は目に涙を浮かべていた。

「わたしが思うほど、ヤンは思ってないの、わかってる。別れ別れになっても、ヤンは多分、平気よ。最初からわかってたことだから、深入りすまい、覚悟しておこうって、ずーっと自分に言い聞かせてきた。だけどね。だけど、いた人がいなくなるのって、どんなにつらいか。嫌気がさしたとか、飽きたとかなら、乗り越えるのは簡単よ。でも、ピークで終わるんだよ。それが見えてるんだよ。こんなことなら、会うんじゃなかったと思ってる」

友美は、こんなことになったのはおまえのせいだ、みたいな怖い目で江利を睨んだ。だがその目力《めぢから》は、涙をせき止めるためなのだ。

「わたしはね、仕事で毎日、そりゃもう、大変な人たちを見てるわよ。お金のことや、身体のことで、苦しんでる。それに比べたら、わたしの恋愛沙汰《ざた》なんて、たいしたことないと思う。理性では、そう思う。でもね。気持ちの落ち込みは、理性じゃ、どうにもならないんだよ。理性じゃ、救えないんだよ」

ついにこぼれ出た涙を隠すため、友美はうつむいた。

そうか。大変だね。それでも、恋愛の苦しみでハラハラ泣くなんて、人生の華って感じだよ。江利の涙はここ二、三年、花粉症のアレルギー反応でしか出てこない。

「救われないなら、どうするの」

「さあね。わかんない。時間に任せるしか、ないんじゃない。仕事に没頭して、時間が過ぎるのを待つ。ケースワーカーって、困ってる人の問題を解決する仕事だから、ほっとけないことばっかりなのよ。だから、プライベートがつらくても、仕事のほうで喜びがあれば、やっていける。きれいごとみたいだけど、わたし、ヤンのことでつらい今だから、この仕事しててよかったと思ってる。そういう意味では」

友美はティッシュで洟《はな》をかみ、微笑した。

「そうね。わたし、江利ちゃんに羨ましがられても、いいかもしれない」

友美は意地悪になっている。それだけ、つらいんだ。慰めてもらうつもりが、八つ当たりの的にされてしまった。

あーあ、救われないなあ。


こんなときには、一人でいられない。あてにならないと知りつつも、旬をいつものファミレスに呼び出した。

いそいそとやってきた旬は、さっさと豚肉のショウガ焼きを注文し、椅子にふんぞり返った。しかし、江利が黙ったままなので、不思議そうな顔になった。

「今日は、落語の話、しないの?」

「人情噺のところで、ひっかかっちゃってね」

「あ、そう」

それだけだ。ズダ袋みたいなリュックサックからテスト用紙の束を取り出して、採点を始めた。

見事にマイペースだな、この男は。不安や悩みに胸をふさがれて何も手につかない、なんてこと、ないのだろうか。

「旬は、家族に何かあったら、助けるために今の生き方を変えるってこと、できる?」

「僕は、仮定の質問には応じないことにしてる」

一瞬のためらいもなく、旬は答えた。

「どうして」

「考えたってしょうがないからね。何かが起こったときに、どうするか考える。だって、何が起きるかわからないのが、人生だろ」

「そうだけど、でも、旬には目標があるでしょう。何が起きても、目標は変えたくないでしょう」

「そりゃあね。翻訳で身を立てるのが目標だけど、もともと一本立ちが難しい世界だし、情況が許す限り、金にならなくても続けるくらいの気持ちでいるけど」

旬はテスト用紙から目を離し、からかうような目で江利を見た。

「その質問、人情噺と関係あるの」

「うん……」

というか、自分の問題もからまってるんだけど。

「人情噺って、あれだろ。貧乏な善人が人助けをしたごほうびに幸せになるってやつだろ。そういうの好きなの、日本人だけじゃないよ。オー・ヘンリーなんか、もろ、人情噺。all you need is love《オール・ユー・ニード・イズ・ラブ》を謳《うた》いあげたいのが、人間なんだな」

こういう、わかったようなことを言うときの旬は得意げだ。頭でっかちの評論にいつもはうんざりするのだが、今日は何かがコツンと触れた。

ラブ。そうか。人情を英語で言うと、ラブなんだ。日本語の「人情」のほうが言葉として古くさすぎてピンとこなかったが、「ラブ」と言われると急に身近になってきた。

太一郎は、親のために生き方を変える。友美はプライベートの悲しみを抱えながら、怪我や病気で苦しむ人を助ける仕事に没頭する。それに引き替え、江利は何の犠牲も払っていない。ただ、自分のためにだけ、ノホホンと生きている。それが、引け目につながっている。

自分のためにだけ生きていたら、喜ぶのは自分だけだ。それはもしかしたら、虚しいことではないのか?

なぜなら、そこにはラブがないからだ。本当の意味のラブは、「ラブラブ」のラブより器が大きい。情けとは、ラブとは、自己愛を超えるものだ。

4

江利は、一回聞いただけでボックスに放り込んだ『文七元結』を再度聞いてみた。参考にと、楽笑が貸してくれた志ん朝版も聞いた。とくに、長兵衛の台詞を繰り返し聞いた。

借りた五十両を懐《ふところ》に「もう、博打には振り向きもしねえ。一生懸命働いて、一日も早く、おまえを迎えに行くからな」と涙声で誓う。

しかし、その目の前で死のうとする文七。

文七の身投げを止めたい気持ちと懐の五十両を天秤《てんびん》にかけて、逡巡《しゅんじゅん》する長兵衛の苦悩が、今度はよくわかった。

「死なねえことを考えろよ。死なねえことをよお」と、怒りをこめる小三治。

「五十両なきゃあ、死ぬのか」と、苦衷《くちゅう》にはらわたを絞るような志ん朝。

現実逃避野郎の文七の余裕のなさも、じっくり聞いてみると痛ましい。

身よりのない彼はおそらく、子供の頃から奉公に出て、真面目一途でここまでやってきた不器用な若者だ。長兵衛は、文七にこの世の荒波を切り抜ける世間智《ち》がないことを見抜いたから、金をやるのだ。

自分たちは、地べたを這《は》ってでも生き抜いていける。だが、こいつはダメだ。

俺のほうじゃあ、誰も死なねえ。女郎になったって、お久は死にゃあしねえんだい。

このくだりを、小三治も志ん朝もきっぱりと言う。ある種の誇りをもって。

教室で、志ん朝のCDを返すかたわら、江利は発見した感想を楽笑に話した。

「これは、人が人のために身を捨てることで誇り高く生きる噺だって、そんな気がしてきました」

誇りなんて言葉を、口に出すのは照れくさい。でも、五十両をぽんと見ず知らずの人間にやってしまうのを、落語ならではの「江戸っ子のやせ我慢」で片付けるのは、違うと思う。

「噺家なら誰でもやりたがる大ネタだってこと、わかってくれましたか」

楽笑は真面目なことを言うときの癖で、おおげさなくらい目を見張った。

この噺が円朝の手で作られたのは、明治だという。そして、今に至るまで、大事にされ、繰り返し演じられてきた落語の代表作だ。それは演者も聞く者も、知っているからだ。あるいは、信じたいからだ。

貧しいくらいじゃ、人は死なない。苦界《くがい》に落ちても、人は死なない。少しでも人のために生きることができる人間は、決して絶望しないのだと。

「そういえば落語の主役って、たいがい貧乏人ですよね。大店《おおだな》のお坊ちゃんやお嬢さんは、遊び人か、恋煩《わずら》いで死にそうになる役立たずばっかり」

そう言うのは、『崇徳院《すとくいん》』を稽古しているすみれさんだ。

「落語は、その日暮らしがやっとの庶民が現実を生き抜くための気力増強サプリとして誕生し、伝えられてきたものだと、僕は思ってます。たとえば、小よしさんは、女郎にされるお久の気持ちを思って、腹を立てたでしょう」

楽笑はニコニコと言った。

「聞いている人は誰だって、お久が女郎になるなんて、たまらないですよ。他人事《ひとごと》じゃないんだ。だから、金が見つかって、お久が戻ってきて、親子が抱き合って涙にくれる大団《だいだん》円《えん》で、あー、よかったとほっとできる。ほっとして、笑うんです。人の気持ちをそこまで導けるから、これは名作なんです。円朝は偉大ですよ」

楽笑はさらに、『文七元結』に仕込まれた笑いを呼ぶ部分を実際にやってみせた。

せっかく戻ってきた金を長兵衛は、文七にやったものだから返してもらうには及ばないと突っぱねる。着るものがなくて後ろの屏風に隠れている女房が、返してもらえと長兵衛の袖を引っ張って干渉する。

最初は肘を引っ張られるくらいだが、女房の焦りが募って引かれようがどんどん強くなり、のけぞったり、倒れそうになったり、お尻をつねられたという思い入れで痛がったりの大芝居だ。江利たち受講生は、おおいに笑った。

思わず力が入ったらしい。楽笑は息を整えてから、言った。

「いい人情噺ほど、どっと笑える工夫が入ってるんです。しんみりした情況ばっかりの噺だと、聞いてるほうがつらくなりますからね。人情噺でいかに笑わせるか、演者の腕の見せ所であり、人生観の現れでもあるから」

少しため息をついて、首を振る。

「難しいんです。難しいけど、やりたい。つらいときでも笑いどころはあるってことを、人にも自分にも語りたいんですかね」


旬が言ったように、人生、何が起きるか、わからない。でも、起きる出来事がなんであれ、生きていくのは楽じゃない。

楽じゃないから、笑いたいんだ。

江利は、母に電話をかけて太一郎の訪問について話した。母は、江利を蚊帳《かや》の外に置いたことを謝った。

「心の中では、お父さんもわたしも、太一郎に継いでほしいって思ってたのよね。でも、そういうこと、あんたには言いにくくて。あんたは、一人でちゃんとやってるし」

そうでもないんだけど――とは、言えない。

「でも、太一郎にばかり負担かけるみたいで、わたしの立場がないよ」

「そうだったね。でもね。親としても情けないのよ、子供に泣き言言うの。その点、長男が親の仕事を継ぐっていうんなら、抵抗ないじゃない」

実家に帰ると強がる江利と同様に、親のほうも江利には弱音を吐けずにいたのか。親子なのに。いや、親子だからこそなのかもしれない。

長兵衛も、廓の女将の前では強がって、お久に小言を言ってたな。この子に礼を言えと女将に説教されても、親のメンツがあるから、なかなか言えない。お久も、親に黙って身を売りに行った……。

人情噺は、お涙ちょうだいを仕掛け過ぎでうっとうしいと思っていたが、違う。『文七元結』には、嘘がない。親には親、子には子の意地があることが、ちゃんと描かれている。

「お母さん、わたしね、落語習ってるんだよ」

「へえ、そう。いいね。楽しいこと、たくさんやりなさい。今のうちだから」

「そういうこと言わないで、お母さんも楽しいこと、してよ」

「趣味がないからね、わたしは」

自嘲《じちょう》する母の声音に、弱気の影が見えた。子供を育て、芯のところで意気地のない亭主を支えて真面目にやってきたのに報われないんじゃ、ひど過ぎる。急に、母が可哀想になってきた。

「お母さん、何かあったら、言ってね。わたし、なんでもするよ。仕事辞めて帰ってきてほしかったら、わたし、それも考えるから」

「そういうことになったら、頼むよ。けど、当分は、わたしもなんとか頑張るから」

「うん」

励まし合って、それが照れくさくて、母と江利は同時に吹き出した。そして、電話を切った。

きれいごとだ。でも、現実はきれいごとではすまない。本当に、心細いから一緒に暮らしてくれと言われたら、江利は会社を辞めて、両親の元に戻るだろう。

シングルだし、仕事だって江利でなくてはならない類《たぐい》のものではない。どうしても捨てられない夢があるわけでもない。それらのことを引け目に思っていたが、何かあったときに心残りなく転身できるっていうのは、いいことかも。

わたしがお久なら、と、江利は考えた。

それより他に方法がなければ、やっぱり身を売りに行くだろう。おとっつぁんが借金を返せなくて、明日から客をとることになったら、女郎なりの意地が芽生《めば》えて、売れっ妓《こ》になるよう頑張るだろう。

わたしだって、死なないよ。今はヘラヘラしてるけど、やるときゃ、やるよ。

本当に、そう思った。

秋風亭小よしこと、江利の知ったかぶり落語用語解説　その五

『天災』　母親に暴力をふるう不心得者八五郎《はちごろう》に、心学者・紅羅坊名丸《べにらぼうなまる》が人の道を説く。「何事も天災と思えば腹が立たない」と諭《さと》された八五郎、生半可《なまはんか》に覚えた人の道を長屋の夫婦喧嘩で発揮しようとして、どうなったかは聞いてのお楽しみ。

『猫の災難』　隣の猫の食べ残しの鯛《たい》をもらった文無し男。そこに飲み友達がやってきて、勘違いの大騒動。男がだんだん酔っぱらって、ヘロヘロになっていく過程の演じ方が聞き所。

『崇徳院《すとくいん》』　若旦那の恋煩《わずら》いの相手をみつければ、褒美《ほうび》に三軒長屋をやろうと言われた熊さん。たったひとつの手がかりの崇徳院の歌を手に、あっちの床屋こっちの湯屋と渡り歩いてヨレヨレに。

その6

与太《よた》さんは、それでいいんだよ

1

次郎兵衛《じろべえ》さん、亡くなったんだってな。

そうなんだよ。驚いたよ。今朝、湯で会ったんだよ。今から佃《つくだ》に祭り見に行くけど一緒に行かねえかって誘われたんだけどさ、こっちは日切りの仕事があったから断ったんだよ。断って、よかったよ。行ってりゃ俺だって、ドカンボコンだよ。そういえば、なんか、影が薄かったよ。


小間物屋の主人、次郎兵衛さんは、大のお祭り好き。暮れ六つまでには帰ると約束して、佃島《つくだじま》までお祭り見物に出かけた。その佃島からのしまい舟が沈んで、乗っていた者はみんな溺《おぼ》れ死んだという。ということは、次郎兵衛さんも——。

知らせを聞いた長屋の連中は悲しむより先に、災難にあったのが自分ではないことにほっと胸をなで下ろす。

江利はベッドに寝転がり、『佃祭《つくだまつり》』のCDジャケットをつくづく眺めた。

いつもの小三治ではなく、江利にとっては初めての噺家、柳家権太楼《やなぎやごんたろう》。ぐいと口角を下げたガキ大将顔は、プレイヤーから流れ出るだみ声との釣り合いがとれている。情けはラブ。情けは、人にかけるもの。人のために自分を捨てることで、誇り高く生きられる。人のために生きられる人間は、決して人生に絶望しない。そんな心のあり方を『文七元結』から学んだと思っていたのに、ちっとも身についてない。

「最近、心がねじくれて、いやーな人間になりかけてるんです」とこぼしたら、楽笑が貸してくれたCDだ。

実は、次郎兵衛さんは死んではいない。しまい舟に乗ろうとしたところを、ひとりの女に引き留められたのだ。

舟に乗りそびれた次郎兵衛さんは困り果てるが、話を聞いてみると、彼女は三年前、身投げしようとしたところを次郎兵衛さんに助けられたという。

そのときは気が動転して礼も言わず、また、どこの誰かも聞かずに別れた。あのとき助けられたおかげで、今は佃島に嫁に来て達者で暮らしているが、幸せであればあるほど、助けてもらった見知らぬ旦那さまに会って、ちゃんと礼が言いたいという思いが募るばかり。その恩ある旦那さまにようやく会えた嬉しさで、夢中で引き留めたというのだ。

身投げを助けたなんて、『文七元結』みたいだ。江戸時代は、何かというと身投げに走ったとみえる。

とにかく、おかげで次郎兵衛さんは九死に一生を得る。

船頭の亭主が戻ってきて、女房がいかに生命の恩人に感謝し、会いたがっていたかを切々と語る。ここらあたりまでは、人情噺だ。

人情噺には、人の心の真実がある。そこに目覚めたはずの江利だったが、この噺で近頃めっきりねじくれた根性が立ち直ってくれるのか、どうもおぼつかない。

2

弟の太一郎に家を継ぐ重荷をぶつけられ、親の老いにつれて、いやおうなく自分の状況を変えられていく運命を知った。そして、いざとなったら、健気に家族のためにわがままを捨てる決意をしたところで、人間の質がワンランク上がったような気がした江利は自己満足に浸っていた。

そこに、太一郎から手紙が届いた。

メールの時代に手紙である。それも元劣等生で、筆まめとは言い難い太一郎が――。

不吉な予感におびえつつ、封を開けた。横書きのプリントアウトで見た目は書類、文体は「ですます」調で、妙にかしこまっている。

他人行儀の理由は、言いにくいことを言おうとしているからだった。

家業を継ぐからには、この際、ガソリンスタンドだけでなく、実家の家屋も自分たち夫婦が同居するように建て替えたい。不動産の名義も自分に書き換えるつもりだが、この件に関して江利は承諾済みと考えているが相違ないか。

手紙の内容は、そういうことだった。

弟が家業を継いで頑張るのなら自分は相続権を放棄すると、確かに江利は口走った。が、まさか、そこまではすまいとたかをくっていた。ところが、弟は江利の言葉を盾にとってきた。

相続権を放棄しろとまでは書いてないが、実家を全面的に建て替えるというところに、アヤしい感じが匂う。

匂いの発生源は、弟の嫁だ。

嫁には春菜《はるな》という名前があるのだが、初めて会ったときから、「わたし、天然だってよく言われるんですぅ」的な甘ったるい明るさが気に障《さわ》った。なので、顔を合わせると小《こ》姑《じゅうと》根性を発揮して、わざとらしくツンツンしてやっていた。すると、両親のいる前では

「おネエさんの冷たさに心を痛めつつ、懸命に気を遣う嫁」という連続テレビ小説のヒロインみたいな、悲しそうな顔をする。

江利も、もしかしたら自分の偏見かなと思わないこともない。本当は、いい子かも。

しかし、子供の名前が上から、琉奈《るな》と樹音《じゅおん》である。子供に罪はないが、ルナにジュオンなんて顔をしていないのだ。どこから見ても、お花《はな》と金太郎《きんたろう》である。江利という名前も相当外国かぶれだが、ルナとジュオンほどじゃない。ゲームのキャラクターか、おまえらは。

で、この名前をつけたのが嫁である。孕《はら》んだときから決めていたとかで、太一郎は言いなりだ。両親はとくにジュオンと呼ぶのに抵抗があり、ジュンちゃんと呼んでいる。江利も実家で遭遇したときには「ジュンちゃん」と呼びかけて、まだ幼い彼が「ジュン」に反応するよう仕付けるのに余念がない。

しかし、この一件からして、自分の意見を通したがる（そして、相当に感覚が幼い）春菜の本性が透けて見える。

そう言えば、ガソリンスタンドに併設する予定のカフェを春菜がやりたがっていると、太一郎は言った。

カフェカーテンにカフェエプロン。ハーブを飾ったおしゃれなカフェのオーナーになるというのは、女の子らしい夢だ。だが、そこに「経営」という概念はない（に違いない）。このまま放置したら、実家の財産が食いつぶされるかもしれない。春菜の暴走（ということに、江利の中では決定した）を抑えるためには、自分が乗り出すべきなのではないか。

そう思った江利は矢も盾もたまらず、母に電話をかけた。

太一郎から来た手紙のことを話すと、母は気まずそうに「あんたとちゃんと話し合ってからのことにしようって言ったんだけど、あの子、妙に興奮気味でね。こっちとしても、継いでもらうっていう遠慮があって」と、もごもご言い訳をした。

父は息子の跡継ぎ宣言でほっとしたせいで、今までのウツが真逆《まぎゃく》にひっくり返ったような躁《そう》状態になり、太一郎のほうから提案が出てくるのをひたすら喜んでいるという。もとより、太一郎跡継ぎ案の言い出しっぺである母には、文句の言いようがない。

「同居といっても、一軒家で顔つき合わせるのはわたしたちだって気詰まりだって、ちょっと遠慮して言ったらね。マンション建てて、違うフロアに住めばいいって」

「マンション？」

差し出がましく聞こえないように穏やかに話そうと努めていた江利だが、声がひっくり返った。

やっぱり、とんでもないことを言い出してるじゃないか。

「そんなことして、採算が合うと思ってるの⁉」

マンションの大家で左うちわというのは幻想だ。古くなれば資産価値が落ち、人気もなくなって、入居者が減る。マンション・オーナーは、気苦労の種が絶えないというではないか。第一、人口が減る一方の田舎町のマンションに、一体誰が住むというのだ。江利は夢中になって、反対した。

「すごく大きなものを建てようっていうんじゃないと思うよ。それに、ここらにだって住む人がまるでいないわけじゃないよ」

母は心外そうに言い返した。

「あんたは地の果てみたいに言うけど、近くに大学だってあるし」

「あんな大学」

江利は鼻で嗤《わら》った。

良妻賢母教育を掲げていた私立の女子短大が生き残りをかけ、国際的な人材を育てるとテーマを変えて四年制に衣替えしたのだが、今どき「豊かな自然環境」なんて謳《うた》い文句にだまされる呑気《のんき》な若者なんか、いやしない。

「若年層が減ってるのよ。大学だって、つぶれる世の中なんだから」

「じゃ、あんたはどうすればいいと思うの」

母の声に怒りがこもった。

「あんた抜きで話が進むの、悪いと思ってるよ。だけど、わたしたちだって、あんたに譲れるものはちゃんと残しておくつもりだし」

「そんなこと、言ってないわよ。誤解しないで」

江利はあわてて、声を和らげた。欲にかられて難癖をつけていると思われたら、心外だ。

「わたしが心配してるのは、太一郎をあおってるのが、あの嫁じゃないかってことなのよ。マンション建てるとか、カフェを経営するとか、夢っぽいことに夢中になってて、そのあとのローン返済計画や経営の維持の大変さを、あの子はわかってないでしょう」

「そりゃあ、春菜ちゃんはまだ若いけど」

母の反応が揺れた。母も春菜を好いてはいない。一人息子の嫁だから、当然かもしれないが。

「妙に小賢《こざか》しく立ち回る知恵はあるけど、あの子、肝心のところは抜けてると思う。浮《う》わついてるというか」

母の同調を感じた江利は、かさにかかって春菜攻撃を続けた。

「だから、心配なのよ。太一郎が跡を継いでくれるのは、大賛成よ。だけど、何もかも任せてしまうのは、どうかな。太一郎は絶対、あの子の言いなりだろうから、ほっといたら、財産食いつぶされちゃうんじゃないかって」

「そんなことはないと思うけど……」

母の反応は弱々しい。太一郎への春菜の影響力を苦々しく思っているのが、にじみ出る。

「財産食いつぶすなんて、怖いこと、言わないでよ」

「ごめん。でも、家を継ぐってところから、話がどんどん大きくなっていくのが危なっかしくて。お父さん、ウツ状態から抜け出したんなら、仕事に復帰できるでしょう。体力的には問題ないんだから、土地の名義もしばらくお父さんのままでいいし、経営にも、お父さんが睨みをきかせるべきなんじゃない」

「それじゃあ、太一郎をだますことになる。あの子に全部任せるというのが、会社を辞めてうちに戻る条件なんだもの」

江利は沈黙した。

弟が家業を継ぐと聞いてほっとしていたのに、いつのまにか不愉快になっている。それもひとえに、春菜のせいだ。弟一人だったら「どうぞ好きにおやりください」なのだが、春菜が加わると「好きにやらせてなるものか」と怒りに似た炎が噴き出す。

自分でも感情的になりすぎているのがわかるが、一度とりついた「実家を春菜に乗っ取られる」という懸念が、ウイルスみたいにあっという間に増殖していくのを止められない。

「とにかく」

息を整えて、今言える結論を口にした。

「今後のことは、まわりの人ともよく相談して決めて。場合によってはわたしも戻って、何がどうなってるかだけでも、きっちり説明してもらうから」

「そりゃ、話し合いにはあんたも交えなきゃとは思ってるけど」

母は泣き声になった。

「姉弟喧嘩《きょうだい》だけはしないでよ。あんた知らないだろうけど、美佐子《みさこ》おばさんのところ、五人きょうだいが遺産相続で大もめで、すごいことになってるのよ。仲のよかったきょうだいが憎みあって、おばさん、病気になっちゃったんだから。うちは、二人っきりの姉弟じゃない」

二人っきりなら、何の問題もない。他人が一人入るだけで、こじれるのだ。美佐子おばさんの五人きょうだいには、それぞれ連れ合いがいる。紛糾《ふんきゅう》しているのはそのせいだと、江利は思った。だが、江利だとて、そのような事態は避けたい。

「——わかってるわよ」

そう言って電話を切ったが、気持ちは重かった。ただではすまなくなってきた。

案の定、その日の深夜、太一郎から電話がかかった。開口一番、「母ちゃんに全部聞いたぞ」と、叩きつけてきた。

母も弱くなっている。江利が吹き込んだ悪い予想をそのまま吐き出してしまったのだ。

「姉ちゃん、ひ、卑怯《ひきょう》じゃないか」

太一郎はつっかえながら、きつい言葉を噴射した。

卑怯。

言うに事欠いて、最低の罵倒をかましてくるなんて。江利の、それでなくても影が薄くなっている理性が完全にふっとんだ。

「卑怯って、なによ。わたしは、心配してるだけじゃない」

「姉ちゃん、大人じゃないか。自分の言ったことに、責任持てよ。俺が跡を継ぐんなら、好きにしていい、自分は何も言わないって言ったじゃないか」

「それは」

確かにそうでした。

「そうだけど、あんたたちはまだ若いから、何事もよく考えたほうがいいってことを、わたしは」

「春菜も俺も考えが甘いかもしれないけど、元売りや銀行の話もちゃんと聞いてるぞ」

太一郎は、江利の言葉を途中でぶったぎった。

「同居をいやがる奥さんが多いのに、春菜はいいって言ってくれてるんだよ。だったら、少しは春菜の希望を聞いてやってもいいだろう。結婚して、小さい子供がいて、舅《しゅうと》や姑《しゅうとめ》がいる主婦の苦労、なんにも知らないくせに、姉ちゃん、自分の言うことが絶対正しいみたいな口きくなよ」

お、嫁をかばうため、姉に刃向かったな。怒りの炎が一気に喉元まで立ち上がった。主婦の苦労を知らないくせに——というのは、江利の中の「触るな、危険」箇所である。よりによって、そこを直撃してきた。

江利は屈辱のあまり、言葉が出ない。

太一郎のほうも、江利が口を挟む隙を作りたくないのか、息継ぎをするのも惜しいという勢いでがなりたてた。

「母ちゃん、姉ちゃんと話してから急に弱気になって、父ちゃんが今さらグズグズ言うなって怒って、母ちゃん泣き出して、今度は母ちゃんがウツになりそうだよ。姉ちゃんのせいで、修羅場《しゅらば》だぞ。こっちに帰ってくる覚悟もないくせに、えらそうに口だけ出すなよ。何様だよ」

姉上様だよ。そう言いたいが、舌がひきつれたみたいに動かない。

なによ、なによ。弟の分際で、姉に盾突いて。

「わたしは、心配なのよ」

動揺を隠しつつ、弟を思う姉心を強調した。

「あんただって、リスクを背負う大変さをわたしにこぼしたじゃない。だから、一人で何もかもやろうとしないで、お父さんと相談しながら、穏やかに、少しずつ変わっていけばいいんじゃないかと思っただけよ」

みんなのためを思ってるのよ、わたしは。そう主張すると、気分がいい。そうよ。止めるのが、春菜のためでもあるのよ。

「穏やかに少しずつなんて、そんなわけにいかないから、父ちゃんがウツっぽくなったんだぞ。姉ちゃんこそ、経営のこと、なんにもわかってないじゃないか」

わかってませんよ。でも、そんなにはっきり言うことないじゃない。

江利が黙ったので「勝った」と思ったらしい。太一郎は優位に立った。

「姉ちゃんが帰ってこられないような家には、しないよ。それに、俺と姉ちゃんがこんな風に喧嘩してるのが一番の親不孝じゃないか」

大人びた声で、しごく真っ当なことを言う。いい格好しやがって。

「わたしだって、喧嘩なんかしたくないよ。ただ、マンション建てるとか聞いたから、それはリスクが大き過ぎると思って」

すると、太一郎が太々《ふてぶて》しく切り返した。

「心配なら、姉ちゃんもリスク負えよ」

「どういう意味よ」

「建て替えの金出すとか、店に投資して取締役になるとか」

「普通の一軒家なら、建設資金は少しは出すつもりよ」

「どのくらい」

「どのくらいって」

「二千万、出せるか」

にせんまん。

「そんなの無理よ。そんだけあったら、マンション買ってるわよ」

即座に答えて、ほぞを嚙んだ。

しまった。つい、日頃思っていることが飛び出た。

「ほら、みろ」

太一郎は勝ち誇った。

「姉ちゃん、なんなんだよ。金があったら、マンション買いたいんだろ。そこで、自由に気ままに暮らしたいんだろ。こっちに戻ってくる気なんか、全然ないじゃないか。それなのに、俺たちがやろうとしてることに口出しするのかよ。リスクは負わずに権利だけ主張しようったって、そうはいかないんだからな」

「わたしがいつ、権利を主張したっての」

江利は気色《けしき》ばんだ。自分の欲のためにどうこう言ってるんじゃない！

春菜の思い通りにさせたくないだけだ（ここは、内心の声もボリュームが下がる）。

「俺たちのすることに反対して、何もかもぶちこわしにできると思ってるのが、権利の主張だよ」

「そんな……」

そうだけど、いいじゃない。わたしは姉だよ。

「わたしは、あんたのことを一番、心配してるのに」

「嘘つけ。俺たちが財産食いつぶすんじゃないかって、母ちゃんに言ったそうじゃないか。姉ちゃんが心配してるのは、俺じゃなくて、うちの土地とかだろ。だけど、俺だって平気なわけじゃないぞ。借金するのは俺だ。食いつぶしたとして、俺が無傷だと思うか。俺が一番苦しむんじゃないのか、当事者なんだから。姉ちゃん、そこまで考えてくれてるか？」

太一郎の声音に、泣きが入った。

「か、考えてるわよ」

嘘だ。考えなかった。

「どうだか」

太一郎は憎まれ口を叩いた。

なんだ、この態度は。弟を傷つけた罪悪感がねじれて、憤怒に変わった。

こんなことになったのも、全部、春菜のせいだ。

「あの子、そこにいるんでしょう。あの子にわたしをやっつけるとこ見せて、カッコつけたいんでしょう」

「春菜だ。名前を言え」

ガチャンと電話が切られた。

「バッカヤロー」

受話器に向かって、思い切り毒づいた。

バカ、バカ、みんな、バカ。うちの家族は、みんなバカだ。

3

それから、毎日が不愉快だ。

父も母も弟に遠慮してか、電話をかけてこない。江利のほうも、かけられない。今の状況では、江利が家族を敵に回した格好になっている。

みんなの気持ちをこじれさせたことで、江利は落ち込んだ。どちらかというと、自分が悪いという自覚もある。春菜が嫌いという、この一点だけで事を荒立てた。なんて、子供っぽいんだ。

実家に帰る気持ちがないんだから、おとなしくしているのが筋だ。

頭ではわかるが、はい、そうしましょうと気持ちを整理できない。頭の中も心の中も震度6強で揺さぶられて、とっ散らかったまんまだ。

それでも、仕事はある。

駅ビルに新しくできたスーパーへの自社製品の納入状況をチェックに行き、そこから直帰を許可されたので、買い物をすませて外に出たところで、スーツ姿の楽笑に会った。

出張帰りだそうで、キャリーケースを引っ張っている。

落語を離れたところで楽笑を見ると、ちょっと戸惑う。愛想のよい笑顔は同じなのに、高座で演じているとき、そして、噺についていて熱っぽく語っているときのうねるような熱気がない。むしろ、冷静で落ち着き払った、さして面白味のない平板な人間に見える。

「どうしました。元気ないですね」

それでもニコニコとそう言われると、ご隠居さんに屈託があるのを見抜かれた熊さんみたいに、頭をかきながら「そうなんすよお、実はねえ」と、いそいそ打ち明けたい気持ちになった。

「うちのことでゴタゴタしてて。主に、わたしがゴタゴタさせてるんですけど」

聞いていただけます？

つい、上目遣《うわめづか》いでねだっていた。

「じゃ、ちょっとそこらで、お茶でも飲みましょう」

楽笑は目の前にあるスターバックスを示した。

打ち明け話をするときは、相手を選ばなければならない。

友美のように自分が悩みを抱えている人間だと、みなまで聞かず逆ギレされる。旬のように悩まないタイプには、全部聞き流されてしまう。

楽笑はある意味、「聞く」プロだ。

噺の稽古の第一歩は聞くことだと、楽笑はいつも言う。落語も聞くが、他人のなにげない無駄話も聞く。人間観察は噺の精度に直結する。名人ほど、高座を下りると無口だそうだ。

そのせいで、受講生たちは全員、そんなつもりもないのに、自分たちの身の上を彼やチエリーさんに話している。その「聞く力」のほどを、江利はようやく実感した。

母や弟に「心配だから」と言い張ったが、その中身は太一郎に指摘された通り「春菜に財産を食いつぶされたくない欲」であることを、いつのまにか素直に吐露《とろ》していたのだ。

「自分がすごくいやーな人間になってるのが、つらくて。温かく見守ってやりたいと頭では思うんですけど、どうしても、弟やあの子に才覚があるとは思えなくて、悪い予想しかできない。もう、毎日、ドツボです」

楽笑は笑った。

「才覚があっても、失敗するときは失敗しますよ。才に溺れるというのも、ありますからね。先のことはわからない。誰だって、後悔しないように生きたい。でも、後悔のない人生って、ありますかね」

「ないと思いますけど」

江利は目をそらして、形だけ微笑んだ。だから、弟さんに任せなさい、か？　誰に訊いたって、そう言うよな。

わたしだって、そうしたいのよ。だけど、気持ちがどうしても、そっちの方向に動かない。だから、悩んでるのに……。

だが、楽笑が続けて言ったのは、別のことだった。

「僕はね、寄席なんかに行くと、よく思うんですよ。今日の演者の誰よりも、俺のほうがうまい」

江利は思わず目を上げて、楽笑を見つめた。楽笑は真面目なことを言うときの癖で、必要以上に目をくりくりさせた。

「あ、わたしもそう思います。どうしてプロを目指さなかったのか、ずっと訊きたいと思ってました」

「よく言われます。そのたびに僕は、こう答えてきた。普通に生活する人の気持ちがわからないと今の時代に通じる噺はできないと思ったってね。でも、それは言い訳でね。本当は、怖かったんです。噺に生命をかけて、何もかも吸い取られてしまうのがね」

噺の世界は奥が深くて、行けば行くほど、もっと先がある。しまいに、息切れしてくる。でも、行かなければならない。もう、引き返せない。そうやって追い詰められるのが、怖かった。

自虐的な内容を、楽笑は穏やかに話した。

でも、噺の世界から離れたくない。離れられない。楽笑もまた「取り憑かれし者」なのだった。

迷いを残したまま始めたサラリーマンと噺家の二足のわらじだが、やっているうちに、この生き方のおかげで自分の中のバランスがうまくとれるような気がした。

仕事のストレスは、噺の稽古に集中することで消えた。

恨みつらみや憎しみ、被害者意識、自己憐憫《れんびん》、そういった他人への悪感情が、善人しか出てこない噺の世界に入り込むうち、浄化されていく。仕事でしくじっても、楽笑としての自分を愛し、受け容れてくれる場があるから、追い詰められることがない。

そんな今のあり方に満足していても、プロを目指さなかったことへの忸怩たる思いが、きれいさっぱり消えることはない。寄席に行くたび、もし、勇気を出してプロの道に入っていたら、自分がいたのは客席ではなく、あそこだったんだという思いが頭をよぎる。

あの連中よりうまい俺が、客席にいる。そう感じるときの、なんともいえない複雑な痛み。

だが、今の自分だから持っているものもまた、かけがえがないのだ。

「人生は難しいです。いろんなことが起きる。人はそういうとき、その問題をどうやって解決すればいいか、具体的な対策を知りたがる。でも、一番大事なのは、心の持ち方なんじゃないでしょうか。悪いこと、心配なこと、つらいことが起きたとき、どんな心の姿勢でいるか」

だから、どんな心の持ち方をしろっての。そこのところがわからないから、相談してるんじゃないの。

ふてくされ気味の江利に、楽笑はショルダーバッグをごそごそさせて、一枚のＣＤを取り出した。

「さっきまで一緒だった同僚に貸してたやつでね。返してもらったところなんだけど、よかったら聞いてみませんか。小よしさんの悩みの解決になるかどうか、わかりませんが」

柳家権太楼の『佃祭』。

「『佃祭』は人情噺と滑稽噺の絶妙なブレンドが魅力なんですが、権太楼はこの噺をさげまでやらず、その理由を高座で客に解説したりする。自分はこの噺をこのように演じるという、いわばネタ割りを最初にやって、それから始めるんです。落語の通《つう》向けに割り切った演出だけど、この人の人物描写は、落語を知らない現代人にまっすぐ届くリアリティがあると思うんですよ。とくに与太郎が」

解説しかけて、楽笑は口をつぐんだ。

「まあまあ、聞いてみてください」

はっきりしない顔で受け取った江利に、楽笑は言った。

「思い通りに行く人生なんて、ない。誰もが、自分のバカさ加減に泣かされるんです。その繰り返しが人生じゃないですか。だから、噺の世界ではバカが立役者なんです。バカな考え、バカな行い、それゆえの泣き笑い。それがね、小よしさん。僕らがやっている落語ってものなんですよ」

そしてその夜、江利は半信半疑ではあったが、太一郎とのゴタゴタが起きてから集中して落語を聞く気にもなってなかったことを思い、多少の癒し効果を期待して、そのCDをプレイヤーにかけたのだった。

命拾いした次郎兵衛さんだが、事情を知らない家のほうでは、てっきり死んでしまったと勘違い。日頃世話になっている長屋の連中が、そろって悔《く》やみを言いに行く。

ここが笑わせどころで、次郎兵衛さんに祭りに誘われたが断って生命拾いしただの、こんな不幸が起きるのは先祖の因縁だから因縁払いをせよだの、次々、とんちんかんを繰り広げる。この中に、与太郎がいる。

従来の『佃祭』では、与太郎は定石《じょうせき》通りの状況がまったくわからないズレっぷりで笑いをとる。しかし、権太楼版の与太郎は違う。

次郎兵衛さんが死んだから、悔やみに行くと告げられた当初、与太郎は何が起きたか、わかっていない。死ぬのは何回目か尋ねたり、悔やみをいやみと取り違えたりする。

しかし、突然、わかる。

「次郎兵衛さん、死んじゃったの」

ロレツがたどたどしい与太郎の声が、低くなる。

「あたいはね、次郎兵衛さんが好きだったんだよ。みんなはあたいのこと、バカだバカだって言うけど、次郎兵衛さんは、与太さんはそれでいいんだよお、与太さんはそれでいいんだよおって、言った」

与太さんはそれでいいんだよお。この部分はまるで子守歌のように優しく、与太郎の頭に次郎兵衛さんの言葉がそのまま移植されたのがわかる。与太郎はきっと何度も何度も、この言葉を思い出していたのだ。

誰にも言われたことのないこと。だからこそ、大切にしてきた。

そう言ってくれた次郎兵衛さんが、死んでしまった。

「次郎兵衛さん、死んじゃ、やだ」

与太郎はむせび泣き始める。

「次郎兵衛さん、死んじゃやだ。返しておくれ。次郎兵衛さん、返しておくれ、返しておくれ！」

感情が高まり、与太郎はしまいに号泣する。

意外な展開に、次郎兵衛さんの死を悼《いた》む気持ちが皆目なく、それがためにちっとも悔やんでない悔やみで失敗した長屋の男が、恥ずかしさを押し隠して、ぼそりと言う。

「与太郎が一番、うめえじゃねえか」

笑わせて、泣かせて、そこからまたすっと身を引くクールなたたみかけが実に見事なのだが、江利はこの与太郎に同調してしまって、そこから先が聞けなくなった。

こんなの、あり？

寝ころんでいたベッドからガバッと起きあがった江利は、ティッシュボックスを抱え込み、いくらでも出てくる涙と鼻水を拭いながら、ジャケット写真の権太楼に文句を言った。

与太郎は、超然と愚かであるがゆえに純粋な天使のはずじゃなかったの。天使だから、傷つかない。落語の国の王子様じゃなかったの。

そりゃ、たとえば、小三治の『大工調べ』における与太郎は、恐縮を知っていた。でも、感情の動きは平板だ。バカにされても怒らないかわり、泣きもしない。ある意味、その強さが与太郎の魅力でもあったはずだ。へこたれない与太郎に、江利は救われてきた。

それなのに、バカだと言われることに傷ついていた与太郎なんて、あまりに可哀想。

ただ一人、バカにせず、それでいいんだよと言ってくれた人を失った。返してくれと泣きじゃくる。その肺腑《はいふ》をえぐるような泣き声が、思いがけない力で江利を揺さぶった。

なにを、こんなに反応してるんだろう。わたしは、与太郎じゃないのに。誰にもバカにされてないし、大切な誰かを失ったわけでもない。

なんで、泣いてるんだ、わたしは。

4

「その噺は、悔やみが悔やみでなくなるところが腕の見せ所なんだね」

いつものファミレスで江利のざっとした解説を聞いた旬が、腕を組んでいっぱしの口をきいた。

「志ん朝のを聞いたよ。図書館にＣＤがあったから。悔やみのところ、今、江利が言ったバージョンと全然違う」

「落語、聞いたの」

「うん。だって、神様なんだろ、志ん朝は。神様といわれる人の落語って、どんなんだろうって、ちょっと興味あってさ。ほとんど貸し出し状態だったんで、とにかく、あるやつを借りてきた。その中に、今聞いたのと同じ筋立てのがあった。『佃祭』って言うのか」

「面白かった？」

「面白かったよ。とくに、悔やみのところは笑ったな」

「与太郎は、どうだった」

「与太郎？」

旬は、首をかしげた。

「さあ、一回聞いただけだからな。印象に残ってない。覚えてるのは、悔やみを言うつもりが、奥さんが腐った弁当食べて腹下して、家と厠《かわや》を往復するのがおかしかったっていう笑い話に変わっちゃうところ。最初は泣き真似してたのに、最後に笑っちゃうんだよ。かっこいいと思ったね。葬式って、付き合いで行く人がしめやかな振りをする偽善的なところがあるじゃない。そこんところを軽く笑い飛ばしてて、ちょっと、おっと思ったよ。かなり高度な皮肉だよ。神様だって言われるの、納得した」

「そう……」

この頭でっかちに話しても、しょうがない。そう思うのだが、話してみたい。

「あのね。わたしが聞いた噺家さんの『佃祭』だとね、与太郎の悔やみがクライマックスなの」

「へえ、どんなの」

旬は身を乗り出した。口元がほころんでいる。どんなギャグが仕込まれているのか、笑うのを準備する目だ。

江利はその目を見返し、小声で与太郎の台詞を口にした。

「次郎兵衛さん、死んじゃったの。あたいはね、次郎兵衛さんが好きだったんだ。みんなは、あたいのこと、バカだバカだって言うけど、次郎兵衛さんは、与太さんはそれでいいんだよお、与太さんはそれでいいんだよおって、言った――」

呟いているうちに、涙がにじんできた。旬が軽く息を呑んだ。

「江利」

どうしたんだよ。薄く開いた旬の口から、言葉にならない問いかけがこぼれる。江利は構わず、低めた声で先を続けた。

「次郎兵衛さん、死んじゃ、やだ。返しておくれ。返しておくれ」

権太楼のやりようとは似ても似つかぬ棒読みだが、それでも涙は溢《あふ》れ出る。江利は両手で顔を覆《おお》った。旬があたりを気にしながら、ズボンのポケットからハンカチを引っ張り出し、おろおろした様子で差し出した。

江利はそのハンカチで、思いきり洟《はな》をかんだ。

与太郎の気持ちが、わかる。

わかってくれる人が、許してくれる人がいなければ、生きていくのはつらい。

与太郎の気持ちはわかるのに、太一郎の気持ちはわからなかった。いや、思いやらなかった。

弟なのに。

家業を継いでくれてありがたいと感謝していたのに、春菜のことを意識しただけで、感謝が吹っ飛んだ。

あの女の好きにさせたくないと思った途端、悪い予想がもくもく湧いて、次第に自分には弟夫婦の計画をつぶす権利があるような気がしてきた。春菜憎しの気持ちだけで、心が真っ黒に塗り潰された。太一郎も春菜も、夢みたいなことしか思いつかない大バカだから、口笛吹いて大喜びでしたいようにしているだけだと、決めつけた。

太一郎を傷つけ、父を怒らせ、母を泣かせた。それを償《つぐな》うだけの名案なんか、持ってないのに。

なぜ、たった一人の弟を応援してやれないのだろう。両親が希望を持てるよう、励ましてやれないのだろう。

ヘンだな。泣いたら、いい人になっちゃった。

江利は旬のハンカチを両手でもみくちゃにしながら、照れ笑いした。

当惑していた旬が、おもねるようにふにゃっと笑顔になった。

「なんだよ。感動泣きだったの？」

「そうよ。泣けるでしょ、この与太郎」

「えーっと、そうかなあ。なんか、江利が泣くんでびっくりして、あんまり覚えてない。もういっぺん、やってみて。泣くのは、なしで。僕が泣かせたみたいで、居づらいからさ」

「――やめとく。また、泣きそうだから」

誰もが、自分のバカさ加減に泣かされるんです。その繰り返しが人生じゃないですか。楽笑の言葉が、脳裏に浮かんだ。

バカな考え、バカな行い、それゆえの泣き笑い。だけど、それでいいんだよ。

落語は、そう言っている。

でも、それでいいんだよと許されるには、条件がある。

悪意を持たないことだ。たとえ、傷つけられても。与太郎のように。

難しいけど。

でも、とりあえず太一郎に謝るのは、できる。

もう、反対しない。お父さんやお母さんを喜ばせてあげて。わたしにできることがあったら、するよ——そう言おう。

与太郎の悔やみで泣いたのは、その悲しみが思い当たるからだ。与太郎と自分が、重なった。

そして、与太郎の美質を慈《いつく》しむ次郎兵衛さんの優しさを知り、人はこうあるべきなのだと心から思った。

思ったんだから、そうなりたい。ヘンに照れずに、いい人になっちゃおう。なれるはずだ。わたしは心のどこかで、与太郎なんだから。頭なんか、相当、与太郎だ。

ならば、「それでいいんだよ」と次郎兵衛さんに言ってもらえるような、おおらかなバカになろう。

春菜のことも、もう、嫌わない――というのは無理だけど、あんまり好きじゃない、くらいに気持ちを薄める。なるべく、いじめない。努力する。ジュオンはジュンに矯正させるけど。それが、あの子のためだもの。

秋風亭小よしこと、江利の知ったかぶり落語用語解説　その六

柳家権太楼《やなぎやごんたろう》　ここでいうのは三代目の現・権太楼。大学卒業後、五代目柳家《やなぎや》つばめに弟子入り。師匠他界後、五代目小さん門下に。浪速《なにわ》の爆笑王・桂枝雀のネタを東京落語にアレンジするなど、独自の爆笑道を行く実力派。愛嬌のある丸顔の噺家らしい噺家だが『権太楼の大落語論』なる語り下ろし本もあり、ああ見えて、なかなかの理論派。

その7

あたい、泣いてないよ

1

ごめんくださいまし。大工の熊五郎《くまごろう》さんのおたくはこちらでございましょうか。

はい。あら、まあ、いやだ。なんだい、この人は。自分の家に帰って、挨拶《あいさつ》するやつがあるかよ。おあがんなさいよ。

いや、どうも、すっかりご無沙汰をいたしまして……。


お世話になったご隠居さんの弔《とむら》いに出かけた帰り、吉原に繰り出した大工の熊さん。そこで古馴染みの女に声をかけられ、居続けを決め込んで帰ってきたのは、なんと四日後。

さすがにきまりが悪く、我が家の敷居をまたぐのに他人の振りをする始末。そこから後は、罪悪感をごまかすための照れ笑いとその場逃れの無理やりな嘘で、なんとか女房のおみつを丸め込もうとはかる。

人情噺の代表格『子別れ』は、女房子供と別れたあと改心した熊さんが三年後、子供と再会したのをきっかけに家族再生を果たす下《げ》の段がことに有名で、ここだけが演じられることのほうが多い。志ん朝のCDもそうだ。

弔いの席で傍若無人な酔漢《すいかん》ぶりを発揮する発端から、子別れに至る夫婦喧嘩、その後、家に入れた元女郎との仲違《なかたが》いを経て、健気な子供の活躍でよりを戻す結末までをたっぷり語る小三治の録音は、この噺の決定版と言っても過言ではない――と楽笑は語り、江利もそう思う。

「下の段だけだと、人情噺をうっとうしいと思っていた以前のわたしだったら、やっぱり敬遠したと思うよ」

そう言うと「わたしは、あそこだけでも泣くけどな」

友美が、キャラメル・マキアートをかき混ぜながら言った。

「久しぶりに会った子供に、大きくなったなあって言うじゃない。わたしも志ん朝さんのCD以外だと、楽笑さんたちの会で誰かがやってるのを見ただけなんだけど、所作がね、こうよ」

友美は口を半開きにし、視線を上から下に何度か動かして子供の背丈を表して、うんうんと頷く。

「それからため息混じりで、大きくなったなあってやるのよ。泣くわよ」

江利は口を閉じて、友美を見つめた。友美はまばたきし、口をとがらせた。

「ちょっとお。下手だからって責めるわけ？」

「違うよ。友美が落語の話するの、久しぶりだからさ。立ち直ったのかなと思って、ちょっと嬉しくて」

「——まあね」

本当に人を恋したことがない江利にはわたしの気持ちはわからないと罵倒され、それ以来、友美とは会いにくくなっていた。

八つ当たりされるくらい、腹の立つことはない。こっちに落ち度はないのだから、何か言ってくるなら友美のほうからだと意地になってもいた。

しかし、江利のほうにも実家との一件があり、揺れ動いた末に、家族のために自分の我を抑えようというところまで這い上がってきた。そのことを、誰かに聞いてもらいたい。それに、最近聞きまくりでいろいろ思うところのある『子別れ』の話もしたかった。

落語のことなら楽笑や仲間たちが適任なのだが、稽古日は二週間に一度だ。それ以外の日に呼び出してプライベートな打ち明け話までするほど、馴れ合ってはいない。

家族がらみのいろいろを話すなら、大学時代からの親友、友美が一番だ。それで、意地を張るのをやめにして、話を聞いてもらいたいと電話した。すると、柔らかい声ですぐに

「いっにしようか」と返ってきた。

そして、行きつけのカフェで会い、太一郎跡継ぎ問題と、そのためにぐちゃぐちゃになった自分の気持ち、そして権太楼の『佃祭』を聞いて、立て直しを志したところまで話した。「よかったじゃない」と、友美は喜んでくれた。

「相続のことできょうだい仲がこじれるの、いやってほど見てるからね。うちのおばあちゃんがよく、血は汚いって言ってたけど、こういうことかと思うわよ。江利ちゃん、えらいよ。よく、腹をくくった」

「まあねえ」

えらいとまで評価され、江利は得意にならずにいられない。

「自分でも、よく踏ん張ったと思うのよね。犠牲的精神っていうかさ。わたし一人が我慢すれば、家族が丸く収まるわけだから」

「それは言い過ぎ。家のために身を売るお久ちゃんじゃないんだから」

江利に釘を刺す友美の言葉に、落語ネタが混じった。それをきっかけに、落語の話になった。

『子別れ』の中に、熊さんが後添えにした元女郎がちらりと出てくる。

おみつと夫婦になった頃からの馴染みで、名はおしま。

所帯を持ってからも通っては金をつぎ込んだ、いわば腐れ縁で、おみつが耐えきれずに夫婦別れを切り出したのも、長い因縁があったからだろう。

熊さんのほうも、これほど自分に惚れているなら尽くしてくれるだろうと、いい男気取りで迎え入れてみれば、そこは元女郎。家のことは何もできず、寝てばかりいる。

朝、熊さんが「おまんま、炊いてくれ」と起こそうとすると、おしまは寝ぼけ声で口答えする。

「やだよ。おまんま炊くくらいなら、あんたんとこへなんか、来なかった。建具屋《たてぐ》の半《はん》ちゃんとこへ行ったのに」

天井とって食べようとごね、「おしっこしたいけど、長屋は外後架《そとごうか》（便所）で人に見られるからイヤだ。いつも、流してやっている」と、とんでもない告白をする。

日が高くなってようやく起き出してきたおしまは酒を飲み、白粉《おしろい》を塗りたくって、長屋のどぶ板の上で花魁《おいらん》道中の真似事をする。

そのぐうたらぶりが客席の笑いを誘っているが、江利は笑えなかった。おしまが哀れでならない。

年端もいかないうちに廓に売られた女郎が知っているのは、媚《こ》びを売り、身体を売って、借金を返すことだけだ。普通に育った女ならできて当たり前の家事は、何もできない。暇つぶしに思いつくことと言えば、花魁道中ごっこ。女郎の身で夢見られる最高のイメージが、それしかないからだ。

望んで嫁にされたとはいえ、長屋のおかみさんたちの自分を見る目は冷たい。外後架に行けばじろじろ見られ、「あの女のあとは使えない。どんな病気持ちか、わかったもんじゃない」などと聞こえよがしの嫌みも聞かされたに違いない。

すきあらば眠っているというのも、女郎をしていた頃はまともに眠れなかったからだ。

『三枚起請《きしょう》』で、だまし損ねた男たちに責められた女郎が、こんな捨て台詞を吐く。

夜明けを知らせる烏《からす》を皆殺しにして、思いっきり朝寝がしたいんだよ——。

「わたしは最初、可哀想なこの女を笑い物に仕立てる小三治の演じ方に腹を立ててたのよ。それを言ったら、楽笑さんがね」

でも、小よしさんはちゃんと、彼女のことがわかったじゃないですか。それは、口に出して全部説明しなくても、おしまの行動や言葉の裏に女郎暮らしの哀しさが仕込んであるからですよと。

上《じょう》の段から聞いている客は、熊五郎の無茶な性分に泣かされるおみつと一人息子の亀吉《かめきち》に感情移入しているから、おしまに翻弄《ほんろう》される熊五郎の苦境に溜飲《りゅういん》を下げる。だから、笑う。そこで、実はおしまも可哀想な女で、と解説を始めたら、客が混乱する。

でも、わかる人にはわかる。

熊五郎が別れを切り出せずにいるうちに、自分からふらりと出ていったおしま。彼女を受け入れるのは、同じように日の目を見られず、自堕落《じだらく》な暮らしでくすぶっているやくざ者くらいだろう。

落語の世界には、トップクラスの花魁と実直なお人好しが苦労の末に結ばれる人情噺がいくつかある。それこそ、おとぎ話だ。

上方落語の重鎮、桂米朝は師匠に噺家の心得として「末路《まつろ》哀れは覚悟の前やで」と諭《さと》された。

末路哀れは女郎も同じ。だから、噺家たちは救済される女郎の物語を作らずにいられなかった——というのは、感傷的過ぎるかもしれませんがと、楽笑は笑った。

年季があけて、熊五郎のもとに行ってはみたが半年保《も》たなかったというが、当時のことだから、まだ三十になっていないだろう。たとえば、『佃祭』の与太郎のような男と出会えたら、何かが足りない者同士で助け合って生きていけるんじゃないか。

そうなってくれるといいな。江利は、本気でおしまの幸せを願った。

2

「そんなことまで考えたの。江利ちゃん、すっかり落語にはまってるねえ」

友美は感心した。

「そうなのよ。思考回路が落語的になっちゃったっていうのかしらねえ。自分には縁のない、大昔の笑い話だと思ってたのに」

「そうねえ。『子別れ』かあ」

友美はテーブルに肘をつき、夢見るように視線を遠くに投げた。

「『子別れ』とか『芝浜』とかって、飲んだくれの亭主に女房が泣かされる噺でしょう。でも、最後には亭主が女房に頭を下げる。考えてみれば、耐えるのが女の道と教えられてきた時代に男に頭を下げさせてるんだから、落語は封建的ってわけでもないよね」

「わ、その説、おかねさんに言わなきゃ。廓噺と亭主が女房に威張り散らす噺はやらないって、頑張ってるんだから」

友美の解釈を持ち上げて、さらに落語話をしようとしたが、友美は目を伏せて小さくため息をついた。

「いいなあ。謝ってくれる男」

あ、そうか。こっちの話を聞いてもらったんだ。友美の話も聞かなくちゃ。

「ヤンは謝ってくれないのね」

「それどころか」

友美は笑って、肩をすくめた。

パソコンのメールアドレスと住所、電話番号を書き残し、連絡を取り合おうねと約束して帰国したのに、メールを送ってもなしのつぶて。手紙も書いたが、やはり返事はない。

「それ、ひどいね。完全無視じゃない」

友美は頷いた。

「わたしが思うほどあっちは思ってないとは知ってたけど、ここまで薄情とはね」

最後の手段の電話があるが、かけたところで適当な返事をされるだけだろう。その予想が当たるのが怖くて、かけられない。

「見事、遊ばれちゃいました。不覚の至りです」

友美は軽く「アハッ」と笑い飛ばした。

付き合っている頃ののろけ話を聞かされたときはムカついて、今に捨てられるに決まってるんだと心の中でこきおろしていた。

だが、精一杯明るく愚痴る友美を見ると、友人をコケにしたヤンに怒りが募る。大和撫子《やまとなでしこ》の純情をもてあそびやがって、西洋の甘ったれアホボンが。ばちが当たって、三十過ぎたらコレステロールまみれのハゲデブになるぞ。

「友美が遊んでただけと思えばいいじゃない」

友人らしく励ましたが、友美は「そんなの、イヤよ」とニべもない。

「わたしは遊びで恋愛するタイプじゃないもん。真剣だったんだから」

おや、威張ってますね。

「だったら、遊びで恋愛するタイプと付き合うのが、そもそもの間違いでしょうが」

「だ・か・ら、江利ちゃんはわかってないって言うの」

友美はチッチッと人差し指を振った。

「理屈通りにいかないのが、恋ってものなの」

やっぱり、威張ってるじゃん。ヒロイン気分を盛り上げてるんだから、下手な慰めは要りませんな。

「はいはい。恋愛熟練度ゼロのわたしには、何も言えることはございません」

引き下がってみせるのも友達甲斐《がい》というものだ。降参の印《しるし》に両手を軽く上げたが、友美はまた視線を遠くに飛ばした。

「『子別れ』だけどさ」

「うんうん」

「熊さんは、女房より子供に会いたいって言うでしょう。で、結局、子がかすがいになって、よりを戻すわけじゃない。わたしもちょっと、思うのよね。子供作っとけばよかったかなって。ハーフの子なら可愛いし。モデルかなんかにしたら、稼いでくれるかも」

こりゃまた、とんでもない爆弾発言。

「やめなさいよ」

江利は厳しく言った。妊娠なんて、女がやろうと思えばできるんだから。あぶない、あぶない。

「熊さんは、六歳までは一緒に暮らしてるのよ。おとっつぁんって懐《なつ》かれた時期があるから、情が残ってるのよ。ヤンは、子供産んだって迷惑がるだけよ」

「そんなムキにならないでよ。そうだったらなあって話じゃない」

「オランダまで行って、種、仕込もうなんて思わないでよ」

友美は少し顎を下げ、上目遣いになった。お、やっぱり、ちょっとはその可能性を考えてたな。

「『子別れ』はさ、幸せな三人家族の時代があったから、元に戻れたのよ。おみつも、熊さんも、ずっと一人で頑張った。それは、お互いへの気持ちが残ってたからでしょう」

「そうねえ……」

友美はうつむいて、カップの底にわだかまるキャラメル・マキアートを虚しくかきまわした。

痛いところを、また突いてしまったな。でも、恋を知らない江利にも、相思相愛のカップル願望はある（旬とは「相思相愛」感がない。無念である）。そんな相手がいないという点で、今の友美と江利は同じ地平に立っているのだから、思うところを言ったっていいでしょう。

「ヤンは友美に甘えるところが可愛かったんでしょう。でも、ヤンの魅力って、それだけだったんじゃない。ヤンの中に、友美が一生かけてもいいって思えるような何かがあった？」

「だから、そういう理屈がぶっとぶのが恋なんだってば」

「はいはい。でも、落語で亭主が女房に謝ってよりを戻すのは、二人で助け合えるって信じられるからじゃないかな。確かに、恋愛は理屈抜きでぼうぼう燃えるものだろうけど、本当のカップルって、お互いの人間性を信頼できるかどうかで決まるような気がする。恋愛感情と信頼って、違うでしょう。ヤンのこと、友美は信じてないでしょう。信じられないから、苦しんだんじゃないの」

宙をさまよっていた友美の視線が、江利の顔に戻った。まばたきしながら、江利の言ったことを反芻するのがわかった。

「わかったようなこと言うなとか、怒らないでよ。これでもわたし、真剣に考えたんだから」

先回りして反撃に備えたが、友美は首を振った。

「わかったようなこと言うとは思ってるけど、怒らないよ。ちょっと、ビックリした。江利ちゃん、瀬戸内寂聴《せとうちじゃくちょう》みたい」

「なに、それ」

江利は照れながら、そんな考えを持つに至った理由を説明した。

それは、チェリーさんと楽笑の落語について話し合ったときのことだ。

わたし、高座にいる楽笑が一番好きなんです——と、チェリーさんは言った。

受講生の前ではニコニコしていい人だし、会社でもいい上司で通っている。しかし、家で噺のことを考えているときは気難しくなり、ちょっとしたことでぶち切れて八つ当たりされ、むっとするときも何度かある。

それでも、チェリーさん自身、落語をやるし、好きだから、気持ちはわかる。我慢もできる。が、彼女のほうにもストレスがたまって、イライラしているときがある。そんなときはやり返して、不機嫌同士の意地の張り合いになる。

まあ、普通の夫婦喧嘩ではあるが、意外にモテる楽笑の女性問題で喧嘩をするときもあって——。

失礼ながら、江利はその話を聞いて「え」と絶句した。

あんな顔してるけど、落語のせいで女性ファンがついて、いろいろあるんですよと、チェリーさんは口惜しさと自慢が入り交じる複雑な顔をした。

そういえば、落語会終了後、出口に羽織袴《はおりはかま》で立ち、客に挨拶する楽笑には高座のほてりが残って、匂うような色気がある。江利がそれを感じるようになったのも、最近のことだが。

それにしても、普段の彼はどこから見ても実直な普通のおじさんだ。

よその女性とお付き合いなんて、しちゃってるのか？　信じられない。

遠慮なく驚きを顔に出す江利にチェリーさんは、男というものは奥さん以外の人に寄ってこられるのがなにより嬉しいものらしいと、苦笑しながら言った。

でもね。楽笑の高座聞くと、そんなこと、どうでもよくなるんです。

ネタ下ろしをするときは、一番にわたしが聞くんです。本番の前の晩のおさらいも、わたしが聞き役。で、出来がいいもんだから、ああ、わたしはこの人の女房なんだって、晴れがましい気持ちで一杯になるんです——。

『妾馬《めかうま》』がとくに好きで、何度聞いても泣くという。

職人の八五郎が、お殿様の側室にあがって男の子を産んだ妹のお祝いに呼ばれて、お屋敷に行く。最初はしゃっちょこばっていたが、祝い酒に酔っぱらってタガがはずれていくにつれ、妹への愛情が溢れ出す。涙ながらに祝いを言い、ついで、兄らしく説教をしたかと思うと、お殿様に妹自慢をする。

何を言うかわかってるのに、いつもいつも、同じところで泣くんです。

そう言うチェリーさんの目に、思い出し涙が浮かんだ。妹思いの八五郎が、チェリーさんは大好きなのだ。

高座の上で、楽笑は八五郎そのものになる。

あれをやれる人間には、愛がある。情がある。だから、信頼できる。

「そういう結びつきが一番強いような気がするのよね。わたしはドラマチックな恋愛より、信頼し合うカップルになれる人求む、だな」

「わたしもそっちのほうが、いいよ」

友美が頷いたものだから、江利は勢い込んだ。

「でしょう。で、わたし、思ったんだ。わたし、好きなタイプってわからなかったけど、落語頭《あたま》がある人がいいかもって」

「落語頭？」

「そう。思考回路が落語モードで、噺の中に入り込む想像力と共感力を持っている人。だって聞けば聞くほど、落語って深いんだもの」

「なるほどねえ。わたしは、あそこにある人情やおとぼけは、現代では失われたファンタジーだと思ってたけどねえ」

友美はうがったことを言う。

「そうだったの？」

「そうよ。わたし、職業柄、シビアな日常ばっかり見るじゃない。情け容赦《ようしゃ》なんかないって感じよ、現実は。だから、貧乏でもおおらかで、傷つけ合ったりせずに生きてる長屋の連中のバカ話やってると、ほっとするのよ。わたしにとっては、癒《いや》しの手段だったな」

「じゃあ、また教室おいでよ。今こそ、癒しが必要じゃない」

「うーん。そうだけど」

友美はうなった。

「なんだかねえ。まだ立ち直りきれてないし、ずっとお休みしてたからきまりが悪いと言うか――でも、発表会には行くよ。わたしのとき、来てもらったんだもの」

「え、そう」

そうだった。春と秋の彼岸の頃にやる定期発表会。友美が出たのは春の会で、江利がデビューを飾る秋の会は一週間後だ。

友美は見に来てほしいと江利に頼み込んだが、江利は誰にも言ってない。恥ずかしいのだ。

落語教室では平気で、ぽんぽんやれる。発表会にしても、今の今まで楽しみにしていたが、友美が来ると思うだけで、動悸が激しくなった。高座の上で頭が真っ白になり、台詞が全部とんでしまう場面がまざまざと目に浮かぶ。

ひゃー、わたし、ほんとにやれるかな。

でも、せっかく来ると申し出てくれているのに、恥ずかしいからやめてくれなんて言えない。それに、「何やるの。どんな着物、着るの」と興味津々《しんしん》で訊かれると、ちょっと嬉しい。

「着物は赤紫の小紋《こもん》にするつもり。やるのは『寿限無』だけどね。ほんとは『金明竹』やりたかったんだけど」

「最初は『寿限無』よ。それがルールだもの。あー、懐かしいな。寿限無寿限無、五劫のすりきれ、海砂利水魚の水行末、雲行末、風来末、食う寝るところに住むところ」

「覚えてるじゃん」

友美は目をぱちぱちさせた。自分でも、驚いているらしい。

「うん……覚えてる」

「また、やろうよ」

「——そうだね」

友美はきっと、また教室に戻ってくる。それがわかっただけでも、嬉しかった。落語頭の仲間が増えるのは嬉しい。落語頭で通じ合う関係は、なんだかとっても心地よい。

3

旬も『子別れ』を知っていた。志ん朝版ＣＤを、図書館で借りて聞いたという。

「どうだった？」

例によって、ファミレスで語り合う。

かつては江利が一方的にしゃべり倒していたものだが、いつのまにか、旬が応酬してくるようになった。テーブルの上にはもはや、やりかけの翻訳のノートも原書も辞書もない。ときには食べる手を止めて、旬は熱心に話す。

「人情噺って、もっとベタベタしてるかと思ってたけど、志ん朝ってクールだね。泣かせる話なんだろうけど、父親も子供もあんまりメソメソしてなくて」

別れて三年後の父子再会の場は、『子別れ』の聞かせどころだ。

母と子が身を寄せ合って暮らしている様子を聞き、安心しながらも申し訳なさで言葉を失いかけた熊五郎だが、子供の額にできた傷を見とがめる。

聞けば、それは遊び仲間の横暴でつけられたものだという。母親は怒り、掛け合いに行くといきり立つが、相手が日頃仕事をもらっているお屋敷の子供と知ると、我慢しておくれと息子に言い聞かせる。

不甲斐ない父親のせいで、小さい息子が理不尽を耐えている。熊五郎は改めて我が身の罪深さを知り、涙にくれるのだ。しかし、愚かながらも残る父親の意地で「泣くんじゃねえ」と子供を励ますのだが。

「おとっつぁんだって泣いてるじゃないかって軽くかわして笑いをとるところなんか、カッコいいと思ったよ。愁嘆場《しゅうたんば》をじっくりやるのって、照れくさいんだろうな。江戸っ子にわか仕込みのくせに、旬はすぐこういう批評家みたいな口をきく。

「そこなんだけどね。小三治のは、また違うのよ。父親が泣くのは一緒だけど、子供は泣かないの。笑うのよ」

「笑う？」

傷のことを訊かれ、亀吉（志ん朝版はきん坊）は「これ？」と額を押さえる。そして、いたずらをみつかったように「テヘッ」と笑う。

それから、金持ちの坊ちゃんに叩かれてできた傷だが、母親に我慢しろと言われた経緯を、含み笑いを交えながら物語る。

「おっかさんがそう言うからさ、とっても痛かったけど、アハ、我慢しちゃった！」と、突き抜けたような明るさで締めくくられ、熊五郎は嗚咽《おえつ》する。

「すまねえなあ。おまえにまで、そんなつらい思いをさせちまって」

詫びの言葉が絞り出され、そして声を励まして「泣くんじゃねえぞ」と父親ぶる。

すると亀吉は、すらっと答える。

「あたい、泣いてないよ」

涙の一粒もない、乾いた口調だ。

この笑いながらの説明が、江利にはたまらない。

志ん朝のきん坊は悲しさや悔しさをにじませながら淡々と話し、父親が泣くので気を許して涙ぐむ感じだ。

この噺を発表会でやった晴々さんのきん坊は、泣きじゃくりながら話した。きん坊の気持ちになると自然にああなっちゃうと、晴々さんは言った。童顔の彼女だと、泣き泣き語る子供の可愛さ、哀れさがよく似合った。

しかし、男の噺家がここを泣きの涙で演じたら「やり過ぎ」と白けるような気がする。

歯を食いしばって惨めさに耐えた自分のことを、まるで失敗談を打ち明けるように照れ隠しの笑いをからませながら話す亀吉の態度は、実に男の子らしい。そして「あたい、泣いてないよ」

そこには、母親と二人きりで生きてきた子供なりの老成が見える。

「なるほどなあ。ずいぶん違うね」

「でしょう。わたし、ずっと小三治原理主義者だったけど、聞き比べる面白さに目覚めかけてるのよね」

たとえば、思いがけず父親にもらった五十銭のお小遣いで買いたいものが、きん坊は鉛筆、亀吉は靴だ。

鉛筆と靴。この差は大きい。

鉛筆が欲しいという一言で、普段どんなに切り詰めているかが如実に知れる。しかし、靴なら、五十銭という金額の価値が現代の客にもわかる。

句は鉛筆派だ。靴だなんて、望みが贅沢すぎるというのだ。

でも江利は、みんなが靴を履《は》いている中で、自分だけ下駄（しかも、おそらく、歯がちびて草履みたいになっていることだろう）という状態が、いかに子供の心を傷つけるかを思うと、亀吉の希望のほうがリアルでぐっとくる。

柳家系はリアリズム落語。神様、志ん朝の表現は、洗練された型で感情や状況をよりわかりやすく伝えてくれる。学術派の句は「意識してリアリズムを排除している志ん朝こそ、クールなアーティストだ」と、もはや崇拝の域に入っている。

「意識してるかどうか、わたしはわからないけど、意識しなくても備わってる明るさや華やかさが志ん朝さんの特徴だと思うな」

『佃祭』の次郎兵衛さんも志ん朝がやると、女房が大変なヤキモチ焼きだという設定が当然と頷ける、粋な中年男になる。

ところが、江利を泣かせた権太楼版の次郎兵衛さんは五十代の苦労人だ。だから、いくら懇願されても、女一人の家に上がり込んで妙な噂が立っては困ると逡巡《しゅんじゅん》する。こんな人だから、「与太さんは、それでいいんだよ」という思いやり深い台詞が出てくるのだ。

小三治フリークの江利は柳家系の演出が好きだが、志ん朝のなんとも言えない艶《あで》やかな声と切れのいい滑舌は耳のご馳走だと思う。

「でも、自分でやるとしたら、やっぱり柳家系をやりたいんだけど、なーんて、始めて半年の素人が言っちゃ、いけないよね」

自分で突っ込んで舌を出したら、旬が不服そうな顔をした。

「なんで？　素人が勝手にやったら、国家落語管理委員会が取り締まりに来るってわけじゃないだろ。やりたいようにやれば、いいじゃない」

「へえ」

目を見張ると、旬は口をとがらせた。

「なんだよ。僕、なんか、ヘンなこと言った？」

「旬に励まされたの、初めて」

旬はまばたきし、とがらせた口をもぐもぐ動かした。

「そんなことないだろ。節目節目で励ましてるよ」

「そう？　頑張れとか言ってくれたっけ」

「頑張れなんて、野暮だよ。でも、少なくとも、そんなことするなみたいな否定的なこと、言ったことないだろ」

「それ、励ましなの」

「そうだよ。黙って見守る。それが僕のスタンス。わからなかった？」

「うん」

旬は、自分にしか関心がないのだと思っていた。でもなあ。

目を天に向け、鼻にしわを寄せて一生懸命思い出してみたが、あのときのあれが「黙って見守る」だったのかと思い当たる、包容力を感じさせる場面を掘り起こせない。

「黙って見守りすぎだよ。ありがたくない。優しさが足りない」

「そんなこと、言われてもなあ。何事によらずクールにいきたいっていうのが、僕のテーマだもの」

ほら、こうありたい自分のポーズのほうが大事で、わたしの気持ちは二の次じゃない。

やっぱり、こいつには落語頭がない。

江利はあきらめ、口をつぐんだが、旬には言いたいことがまだあるようだ。

「落語はクールだよ。僕は志ん朝しか聞いてないけど、ぐいぐい押したかと思うと、すっと引くじゃない。サゲのところは明らかに、声のトーンも落ち着いて引くよね。僕、落ちとかサゲとか言うのは一番笑える部分かと思ってたら、違うんだね。現代では通じにくい、くだらないダジャレだったりして、おかしくなんかない。あれは場をしまうための、一種のエンドマークなんだな」

なるほど。そういう考え方もあるか。

「一人でドタバタやってたのに、サゲが来たら、すっと静まる。かっこいいと思ったなあ。基本的に醒《さ》めてなきゃ、できないことだよ」

すごい熱弁だ。

「旬、落語にイカレてる?」

「まあね。江戸文化の成熟度を知るうえでも、重要な資料だと思うしな」

あくまでも、学術派の鎧《よろい》は脱がないわけね。

だが、落語クール説は江利も痛感している。権太楼版の『佃祭』の与太郎には泣かされたが、何度も聞いているうちに、そのあと、噺が再び笑わせる仕掛けに戻っていくところに感心した。

与太郎は号泣したところで、出番を終える。あとは泣かない連中が、次郎兵衛さんが戻ってきたため無駄になった棺桶《かんおけ》の始末に悩む、現実的なやりとりで笑わせる。客もつい先ほど与太郎に泣かされたことを忘れて、思う存分笑い転げる。

落語は笑い話だ。そう割り切った演者の凄みがある。かっこいい。クールだ。

やるなら、ここまでやれるようになりたい。

繰り返し聞いて、ほとんど筋を覚えているので、ときどき口の中でぶつぶつ演じてみる。でも、未だに与太郎の泣きの場面から、一瞬で泣いてない男の独り言に移ることができない。こんなことでは、感動もののニュースを涙声で伝えるレポーター止まりだ。それじゃあ噺にならない。

「クールって、いいよね」

「だろ」

旬は嬉しそうに、ニコニコした。

だから、二人の関係もクールにいこうと同意したわけじゃないよ。

そう言いたいところだが、まあ、いいや。

悲しくて涙ぐむきん坊。泣くのをよしとせず、からりと笑う亀吉。

どちらの子供が『子別れ』らしいのか。それは聞く者の好みで分かれる。

聞く者は、自分が心地よく入っていける噺の世界で、思いきり感情を解放して、泣いたり笑ったりすればいい。

でも、やるほうにまわるなら、クールにならなきゃね。

そうでなきゃ、落語をやる意味がない。聞き終えた後、「よかったな」と思わせる。そこまで聞く人を連れていくのが、落語なんだから。

4

発表会を三日後に控え、カラオケ店の一部屋で身内だけのおさらい会を開いた。楽笑は仕事の都合、グッチーさんは治療入院中のため来られないが、チェリーさんは来た。持ち込んだ浴衣をTシャツとパンツの上からまとうという珍妙なスタイルで、これも持ち込み座布団を敷いて高座に見立てたテーブルにあがって、順番におさらいをした。

新人の江利はトップバッター、寄席用語で言うところの開口一番で『寿限無』。おかねさんは『転失気《てんしき》』、利休さんは『片棒』、晴々さんは『壺算《つぼさん》』、すみれさんが『崇徳院』、そして、ごらんさんはなんと『野ざらし』だ。

みんな、教室で細切れに稽古したものをやるのが習慣で、ごらんさんはてっきり『饅頭こわい』か『子ほめ』をやるものと、みんな思っていた。

しかし、ごらんさんは「ちょっと違うのをやってもいいですか」と前置きして、「先生、見ましたよ。ゆうべの女は一体、どこの誰なんです」と始めた。

隣の老人が釣りに行き、野ざらしになっていた女の骨《こつ》を見つけ回向《えこう》してやったら、夜中に幽霊が礼を言いに来た。それがとびきりのいい女だったものだから、自分もぜひ同じ目にあいたいと骨探しに出かけるお調子者が主人公。

骨を釣り上げるべく、やたらと釣り竿《ざお》を振り回しながら、気持ちよく歌ったり、若い女がやってきていちゃいちゃする様子を勝手に想像する芝居場面でおおいに笑わせる、つまりはすべてにおいてアクションの派手な滑稽噺だ。

『饅頭こわい』の無表情な食べまくり演技で一皮むけたごらんさんだが、いきなりここに飛ぶか。

みんな、驚いた。ごらんさんのほうもまだ照れが残って、動きが小さくまとまってしまう。チェリーさんに「もっと思い切って」と何度も注意され、首を傾げつつ「やっぱり、やめようかな」と、ためらいを見せる。

「『饅頭こわい』で、いいんじゃないですか。あれ、傑作ですよ。みんなに見せたいな」

江利は助け船のつもりで、差し出口を挟んだ。

「そうですねえ。『野ざらし』は、この次でもいいんじゃないですか。楽笑にも相談して」

「そうですか、そうですね」

チェリーさんに言われ、ごらんさんは首をひねりながら、即席高座を下りた。

「しかし、これはサプライズ中のサプライズだ。教室では、やってなかったよね」

おかねさんが目を丸くした。

「ええ。やってみたくて、一人で稽古してたんですよ」

ごらんさんは恥ずかしそうに、でも、以前よりはずっとリラックスした様子で説明した。

「『饅頭こわい』をやるつもりではいたんだけど、こっちのほうがチャレンジしがいがあるっていうか、お稽古してても楽しいもんですから熱が入っちゃって。だから、今日、ちょっと見てもらおうと思ってやったんですけど、やっぱり、難しいですね」

ほー。江利は驚いたが、チェリーさんをはじめ、みんな「さもあろう」とばかりニコニコしている。

「欲が出てきちゃいますよね。自分にはできないと思っていたものほど、やってみたくなって」

すみれさんが言い、他の人たちが「そうそう」と頷いた。江利もこっそり「そうなんだよね」と、胸で呟いた。

そうかあ、やっぱり、みんな、そうなるのかあ。

「わたしは、やりたくないものならあるけど、できないと思う噺はないよ。へんかしら」

おかねさんが、不思議そうに言った。

「おかねさんは根っから明るくて、個性が強いからね」

チェリーさんが論評した。

「噺を自分のほうに引き寄せられるんですよ」

「あら、こう見えても、考えて考えて、やってるんですよ」

「でも、すごく楽しんでやってらっしゃるじゃないですか。それがお客さんに伝わるから、いいことですよ」

カラオケ店なのに誰も一曲も歌わず、一通りおさらいを終えると、さっと解散した。いつものことだ。みんな、少ない時間をやりくりして来ている大人たちだから。

江利は帰りのバスの中で考え込んだ。

誰にも言わず、自分だけで稽古したというごらんさんに目を覚まされた。

そうか。一人で稽古という手があるんだ。それなら誰にも迷惑かけないし、恥をかく心配もない。

やってみたい噺がある。

登場人物は二人だけ。場所も、主に長屋の一部屋のみで動きは少ない。

二人のやりとりに、すべてがある。

難しい大ネタだけど、チャレンジしよう。あれを稽古しよう。

秋風亭小よしこと、江利の知ったかぶり落語用語解説　その七

『三枚起請《さんまいきしょう》』起請とは、男女間で気持ちが変わらないことを誓う証文のようなもの。三人の男が一人の女郎から同じ起請を受け取ったことから、騒動に。「嘘の起請を一枚書くと、神の使いのカラスが三羽死ぬ」と責められた女郎が居直って、「嘘の起請をたくさん書いて、カラスをどっさり殺して、朝寝する」とうそぶく。これって、ちょっと哀しいですね。廓噺を女の身で聞くと、身を売る哀しさがちゃんと描かれているのがわかって、単なる笑い話じゃないんだなと思いますよ。

『転失気《てんしき》』寺の和尚《おしよう》が医者に「てんしきはありますか」と訊かれ、知ったかぶりで適当に答えることから起きるドタバタ。みんなが知ったかぶりで、いろんな答を言うのだが、さて「てんしき」とはなんでしょう？

『片棒』　大店《おおだな》の主が、三人の息子の誰が跡取りにふさわしいか決めるため、息子たちに親の葬式をどうやって出すか問う。三者三様の答えっぷりの違いに演者の個性が出る、聞き比べても面白いネタ。

『壺算《つぼさん》』　水壺をいかにして安く買うか、知恵者と店の番頭とのかけひきは、聞いているほうも思わずだまされる、まか不思議な算数問題。あなたはわかるかな?

その8

さぁさ、こっちへお入り

なんで、五十両なんか拾ってきたんだろう。この五十両さえなけりゃ、こんなことにならなかったんだ。これが夢だったら、どれだけいいだろうか……。

そうだ。夢見たんだ。わたしもあの人も、夢見たんだ。そうだ。夢だ。夢だ――。

1

腕はいいのに酒好きの魚屋、勝五郎《かつごろう》。したたか飲んでは昼まで眠るの繰り返しで、すっかり怠け癖がついてしまった。

これでは暮らしていけないと女房に泣かれ、ようやく立ち直る気になって二十日ぶりに早起きして仕事に出たのはいいが、時刻を間違えて、河岸《かし》が開く前に着いてしまった。仕方なく時間つぶしに出かけた芝《しば》の浜で、五十両の大金が入った財布を拾う。

思いがけない幸運に、勝五郎は舞い上がる。これだけあれば、遊んで暮らせる。女房に金の番をさせ、自分はひとっ風呂浴びて、仲間を呼び出し、飲めや歌えの大盤振る舞い。

やっとまともになってくれると思ったのに、拾った金で遊んで暮らすと浮かれる亭主の悪心に、女房は不安を募らせる。

こんなことで、自分たちはこの先、一体どうなってしまうんだろう……。

悩んだあげく、女房が一計を案じる『芝浜《しばはま》』は、『文七元結』『子別れ』と肩を並べる人情噺の代表格だ。

「おかみさんが知恵を働かせるのはいいんだけど、わたしとしては、これで遊んで暮らせるとほざいた段階で、まっこうからこのバカ野郎に説教してほしいのよね」

闘うフェミニストのおかねさんは、例によって耐える女に厳しい。

「さっさと大家さんに話して、説得してもらうとかさ」

「でも、それじゃ、噺が成り立ちませんよね」

チェリーさんに言われて、おかねさんは首をすくめ、舌を出した。

「そうでした。つい、現実と混同しちゃうのよね」

「時代性を考えたら、女房が亭主に強く出られないのは仕方ないですよね。それだけに、頭を使って丸め込むこのおかみさんのやり方は拍手ものじゃないですか。わたしはこれ、ただの人情噺じゃなくて、結果的に女はエライと男が降参している噺だから、フェミニズム的にもオーケーだと思うな」

友美が言うと、おかねさんは腕を組み「なーるほど」と深く頷《うなず》いた。

「それなんですけど、このおかみさんの演じ方が人によってすごく違うんですよね」

江利はひと膝、乗り出した。

料理居酒屋の小上がりに座卓を三つくっつけて作った長い宴席で、近隣同士で固まって別々にしゃべっていた面々が一斉に江利のほうを見た。

秋風亭小よし、つまり江利のデビューである〈落語教室・秋の豊作発表会〉は、友美が出演した春の会より少しだけ規模が大きくなっていた。

まず、出演者が増えた。江利と、男性二人と、そしてグッチーさんだ。

男性軍の一人はまだ二十代の市役所市民課に勤務する公務員で、今までは女性に限られていたこの文化事業を男女共同参画の一環にしたいという自治体側の意向がらみで参加したという。もう一人は聾唖《ろうあ》者のサポートをしているボランティア・スタッフで、三十代後半。手話《しゅわ》落語をやる前提として、落語の基本を学びに来たのだそうだ。

男というのは大義名分がないと何もできないんだねと、先輩である女たちはそっと話し合った。彼らは仕事優先のため(そして、おそらく、女ばかりの空間にいづらいので)稽古日に参加することはほとんどなかったが、一定の責任感から、ひとりで稽古したらしく発表会にはきっちり参加した。

デビューは『寿限無』と決まっている会のルールにより、同じネタが間に一人ずつを挟んで三人続くことになる。もともと、さほど勝ち気なほうではない江利だが、この事態にはひそかに燃えた。

客の数も、少し多めだ。グッチーさんの娘さんと三人ほどの患者友達が来ている。男性軍では、市役所のほうがガールフレンド、ボランティアさんは奥さんと仲間が、そして江利の応援に友美と旬がやってきた。

友美はみんなに「ミー坊さん、元気」と取り巻かれ、まだ復帰する気分じゃないなんて言っていたくせに、「また参加しますから、よろしくぅ」と愛嬌を振りまいている。

最初に楽笑が挨拶がわりの小噺を三分ほどやったあと、開口一番は、市役所の『寿限無』。上下《かみしも》を意識するあまり、左右に向きを変えるたびにひょこひょこ腰が上がるのがご愛嬌、それでもけっこう楽しんでこなしている様子だ。

次は、利休さんの『片棒』。さすが、お茶の師匠だ。和服で動く姿が堂に入っている。膝立ちして、からくり人形の振りを見せるところなど、とても素人と思えない。加えて、しゃなりしゃなりの素《す》とは正反対のいなせな男しゃべりがかっこいい。

その次が、ボランティアさんの『寿限無』。手話を勉強しているだけあって、所作が大きい。しかし、声が小さい。客席から本日は裏方にまわったチェリーさんが手真似で、声を大きくするよう指示すると、そのときだけボリュームが上がる。けれど、これもおそらくは手話効果で表情がはっきりしているので、退屈一方ではない。

袖で見ながら、こんな感想を抱く自分に、江利は少し驚いた。

付き合いで初めて見たときは素人芸に辟易《へきえき》し、批判ばかりしていた。それなのに今は、いいところを見出そうとしている。

批判は外野席にいる者がすることで、今の自分はプレイヤーサイドだからか。

そんなことを考えているうちに、おかねさんが上がって『転失気』をやり始めた。この人は本当に、玄人《くろうと》はだしだ。持ち前の明るいキャラクターを全開にして、気持ちよさそうに滑稽噺を繰り広げる。客席も沸いている。

おかねさんの次が、いよいよ江利の出番だ。後ろから市役所が「デビュー組のトリですよ、頑張ってください」と余計なことを言ったものだから、心拍数が急上昇。高座を下りたおかねさんに、「はい。客席、あったためときましたよ」とぽんと肩を叩かれ、つんのめるように舞台に上がった。

あとは無我夢中で、覚えていない。何か考えると口が止まるから、ひたすら脳内テープの再生に努めた。そして、なんとか、つっかえずに最後までやりおおせたときは、心底ほっとした。

深々とお辞儀《じぎ》した頭の上に、拍手が降ってくる。まばらではあるが、まぎれもなく拍手だ。

　いやーん、気持ちいい。

　満足の笑顔を上げたとき、親指を立ててグッドサインを送る友美と、その横で白い歯を見せて手を叩く旬が目に入った。

　高座を下りたら、自分で座布団をひっくり返し、めくりをめくって次の演者の名前を出す。グッチーさんだ。

　すれ違いざま「頑張って」とかけた声に一瞬振り向いたグッチーさんを見て、江利は息を呑んだ。

　いつも土気色《つちけ》のグッチーさんの顔が、白く輝いている。きちんとメイクして口紅を塗っているが、そのせいだけではなさそうだ。弾けるような笑顔で、彼女は高座に上がった。

　持ち時間は最長二十分。グッチーさんはずっと稽古していた桂枝雀版『代書屋』を、十分にまとめて演じた。健康な仲間たちに比べると圧倒的に身体の動きが少ないが、上下をきちんとつけ、しかめっ面《つら》の代書屋とおとぼけの留《とめ》さんを表情で演じ分ける。クライマックスは生年月日を言えと命じられた留さんが四角四面に姿勢を正し、大声で「セーネンガッピ！」とやるところ。

　普段は背中を丸めてゆっくり動くグッチーさんがスパッと背筋を伸ばし、肩肘張って、一年坊主のような大声を出す。

客席も沸いたが、江利も舞台の袖で音が出ないように拍手した。

松本留五郎《まつもととめごろう》と姓名を名乗るところまでやり、『おなじみの『代書屋』でございます」をサゲとする。グッチーさんはよろけることなく、高座を下りて袖までしっかりした足取りで歩いてきた。倒れるのを懸念して差し出した江利の手を、グッチーさんはしっかり握った。強い力だ。

「すごーい。やりましたね」

「抗ガン剤中止して、この日に備えたんですよ。でも、今、すっごく元気。免疫力あがった感じ」

重い持病を抱えていると聞いていたので、おそらくはガンだろうと憶測してはいたが、遠慮して確かめずにおいた病名が本人の口からさらりと出てきた。

そんなこととして、大丈夫なのか。しかし、一途《いちず》に取り組んできた『代書屋』を人前で演じることが、闘病の障害になるはずない。落語は、グッチーさんを力づける天然ビタミンなのだからと思い直した。

「今日、きれいですよ」

江利が言うと、グッチーさんはさほど照れもせず「あらあら、そんなこと言われたの、生まれて初めて」と、いなした。

その横を、ごらんさんが緊張した面持《おもも》ちですり抜けた。

直前で決めた演目は『饅頭こわい』ではなく、『野ざらし』だった。グッチーさんは客席にまわったが、江利は舞台袖に立ちん坊でごらんさんの高座を見守った。

女の幽霊とよろしくやった隣のじいさんにつっかかるお調子者の演じ方が、以前と違う。ほんの少しだが、薄っぺらい若造の感じが出ている。それから、この噺の見せ場、骨《こつ》を釣ろうとしての大騒ぎに至った。

「鐘がボンとなりゃ、よ～お、カラスが飛んで、さ～あ」

半立ちになり、釣り竿に見立てた扇子を大きく上下に振って調子よく歌う。

「スチャラカチャン、スチャラカチャン」

男の軽薄さが目一杯現れる、笑わせどころだ。ごらんさんは半分目を閉じ、次第に動きと歌声を大きくしていく。

「スチャラカチャンたら、スチャラカチャン！」

大ウケだ。稽古の段階ではついぞ見られなかったハチャメチャぶりは、仲間たちのみならず、ごらんさんの家族の度肝《どぎも》を抜くものだった。噺のおかしさもさることながら、驚きのあまり、みんな笑い転げた。

「ごらんさんはこれをやるために、小唄やお座敷芸のＣＤ買って勉強したんだそうですよ」

いつのまにか後ろにいた楽笑が、江利にささやいた。

「弾けてますねえ」

江利の目はまん丸く見張られたきり、元に戻らない。

「こういうのを見ちゃうから、僕はこの会の仕事、やめられないんです」

楽笑は江利とは反対に、目を細めている。

「人間っていうのは、普段、人に見せてるのが本当の自分とは限らないんですね。それはもしかしたら、ただの殻《から》なんじゃないか。あなたたちを見ていると、そう思えてならないんです」

そうなんだろうか。

ごらんさんが、ぐったりした様子で高座を下りてきた。

「すごい、すごい」

手を叩いて出迎える江利に、「疲れました」と苦笑いで一言。

次は、晴々さんの『壺算』、トリがすみれさんの『崇徳院』。この二人は、ある意味、安定している。

保育園をまわって絵本を読み聞かせるなど子供と接する社会活動をしている晴々さんは、子供好きで社交家の性格そのままで殻なんかかぶってないようだ。すみれさんはしっかり者らしく、さばさばした口調できっちり演じる。明晰《めいせき》さと、破調を演じない節度が、志ん朝をテキストとする江戸落語に向いている。

晴々さんやすみれさん、おかねさんは、自分の性《しょう》にあった生き方を選んでいるのだ。一方、利休さんやごらんさんは、普段していることと裏腹な自分を持っている。それは意識的に隠されていたのではなく、自分でも気付いてなかった部分なのだろう。

グッチーさんは落語に出会って、自分を変えた。もしかしたら、病気も彼女を変える要因だったかもしれない。人間は状況によって、変わるのだ。確固たる自分なんて、ないから。

仲間たちの演じぶりを見ながら、江利はそんな風に分析した。

その発見は大きかった。確固たる自分がないことを負い目に思っていたが、そんなことで悩む必要はないんだ。みんな、そんなものなんだから。

その代わり、変わったり、幅を広げたりができる。

仲間たちだけでなく、自分の身に照らしても、江利にはそれがわかった。

で、発表会終了後の打ち上げで、楽笑の横に陣取った江利は『芝浜』を話題に持ち出した。

実は、この頃の江利は楽笑に、小三治以外のおすすめ噺家を教えてもらい、CDを借りて聞き込んでいる。そのうち、柳家《やなぎや》さん喬《きょう》の『芝浜』に引っかかった。他の噺家と明らかに違う部分があるのだ。

2

大金を拾って浮かれた勝五郎は、友達を呼んで宴会をしたあげく、眠り込む。翌朝、女房が揺り起こして、河岸に行ってくれとせかすので、拾った金の一件を持ち出すと、女房はそんなことは知らないと言う。

「おまえさん、夢を見たんだよ」

勝五郎は自分の愚かさに愕然《がくぜん》とし、断酒を決意して、懸命に働き始める。そして、三年後、借金取りの来ない穏やかな大晦日、女房がとっておいた金を出して、あれは夢ではなかった、だました自分を許してほしいと告白する——。

噺の世界では、飲んだくれのダメ亭主の女房はしっかり者と相場が決まっている。そして、強気の物言いで亭主の尻を叩くのだ。

志ん朝も小三治も（さらに言うなら、この噺では定評がある立川談志《たてかわだんし》も）、「釜《かま》の蓋があきゃしないよ」という言い方で、ぐずぐずする亭主を責める強い女房を演じる。

だが、さん喬は違う。「おまえさん、起きとくれよ」と揺り起こす第一声から、この女は遠慮がちだ。

勝五郎は（志ん朝版は熊五郎だ）、何度も禁酒を誓っては破っている。ゆうべは「今度こそ、やめる。これが最後だから思いきり飲ませてくれ」と、二升五合あけた。女房はその誓いを盾にとる。それも「そう言ったじゃないか」ではなく、「そう約束してくれたじゃないか」と悲しげだ。

さん喬版の女房は、勝五郎にすがって生きている自分を意識している。

志ん朝や小三治の女房たちは、互角の立場で喧嘩を繰り返してきた歴史を感じさせるが、さん喬の女房は酔った勝五郎に何か言ったばっかりに殴る蹴るの暴力を受けてきたせいで、酒が入ったときの亭主におびえている様子がよくわかる。だが、下手《したて》に出る習慣は、恐怖からだけではない。

この女は、自分に自信がないのだ。勝五郎のおかげで、やっと生きていられると思っている。おそらく、そう言い聞かされて嫁に来たのだろう。

ダメ亭主に負けじと渡り合う強い女房は、噺の世界ならではのファンタジーなのではないか。実際には、江戸時代に生まれた女なら、夫には従順であれと教育されてきたはずだ。いや、男女の立場が逆転気味とさえ思える現代にも、自己評価が低くて、周囲の人間の顔色を見ながらびくびく暮らす人は少なくない。

さん喬版の女房の弱腰には、彼女の身の上が透けて見える。

大金を拾ったのを夢だと言いくるめる案を、志ん朝は大家の入れ知恵にする。小三治は「怖かった、つらかったけど、思い切って、夢にしました」と、女房なりに考えたあげくのことだと示す。

さん喬の女房は、「亭主を言いくるめろ」と大家に指示されて、途方に暮れる。どうすればいいか教えてもらいたいが、大家は亭主のためだ、自分でなんとかしろと叱るばかり。

指示されて動く癖がついている女だ。自分でなんとかしろと言われても、どうすればいいのか、見当もつかない。頭に浮かぶのは恨み言だけだ。

「なんで、こんなことになったんだろう。これが夢だったら、どんなにいいか……。そうだ。夢だったんだ。そう思おう」

夢を持ち出すゆえんも、リアルだ。女の追い詰められた心情が、よくわかる。

志ん朝や小三治、さらには談志まで聞いたうえで、江利はさん喬版にもっとも共鳴した。

一般に演じられる『芝浜』は、男の噺だ。だが、さん喬版は女房の描写がきめ細かい。一度、からくりを知ってから聞き直すと、金を拾ったのは夢だと言い張る場面から、他の噺家との違いが際だっている。

しっかり者の女房は、おそらくいつもそうしているように強い姿勢で、酔ったあげくに情けない夢を見て、大盤振る舞いをした亭主の愚行を叱りつける。だが、さん喬版の女房は「何度起こしたって、おまえさん、起きてくれなかったよ」と涙声で訴えるのだ。

それは、嘘ではない。何度起こしても、起きてくれなかった。仕事に出てくれなかった。そんなことを幾度繰り返してきたことか。口ではなかなか言えなかった本当の恨み言を必死の嘘にからめて、女房はようやく亭主にぶつけるのだ。

大晦日の告白の場面、志ん朝の女房は冷静に、頭を下げて「ぶつなと蹴るなと、気のすむようにしておくれ」と謝る。小三治の女房は、涙ながらだ。さん喬も泣きながらかき口説くが、ある部分に来ると涙を振り払う。

「わたしが一番ぐっときたのは、そこなんです」

そこまで言って、江利は口を閉じた。今や、みんなが江利に注目している。端っこの遠い位置にいた利休さんやおかねさんなどは、いつのまにか江利の背後に寄ってきて、耳を傾けている。

「なによ、急に黙らないでよ。聞いてるんだからさあ」

おかねさんが、じれた。

「わたしだってついこの間まで、妻は夫に従いつの従順な奥さんだったのよ」

「今は、旦那さんがおかねさんに従ってますものね」

チェリーさんが混ぜっ返して、場の緊張がゆるんだ。

江利はみんなに聞かれていることに照れてしまって、笑いながらも困惑した。先を促されても、実は「ぐっときた」理由は、大声で人に言いたいことではないからだ。

「いいから、先を話してよ」

口々に促されるが「でも、素人なのに、えらそうな演説かましてるみたいで」

いじいじしていると、楽笑がとりなした。

「僕も聞きたいですよ。演説とか批評とかじゃなくて、感想でしょう? どこにどう、ぐっときたのか、言ってくれないと」

「はい。それはですね」

江利は水割り焼酎で舌を湿《しめ》し、息を整えた。本当はしゃべりたいのだ。噺への共感がもたらす熱は、とても大きいから。

さん喬版の女房は、こんなことを言う。

「わたしは昔っから、大晦日が大嫌いだった。大晦日になると借金取りが来て、お父っつぁんとおっ母さんが泣きながら頭ぺこぺこ、ぺこぺこ下げて謝るんだ。だから、大っ嫌いだった——」

これだけで、彼女の生い立ちがわかる。いつも借金だらけの貧しい暮らし。彼女は、小さいときに奉公に出されたのだろう。そして年頃になり、人の紹介で魚屋勝五郎の女房になる。彼女はきっと、こう思っただろう。

こんなわたしでも、もらってくれる人がいるんだ。捨てられないように、機嫌悪くされないように、一生懸命尽くそう。

勝五郎は腕のいい魚屋で、酒さえ飲まなければ、いい亭主だ。それを知っているから、彼女はどんなひどい目にあわされても、たとえば『子別れ』のおとくのように、意地を恃《たの》んで家を出ることができない。

「でも、わたしがここに反応したのは、このおかみさんの境遇に同情したからじゃないんです。みんなが楽しそうにしてるときに、自分だけがそうじゃない。だから、お正月なんか、クリスマスなんか、夏休みなんか、誕生日なんか、大嫌いだあ――って言いたい気持ち、すごくよくわかる」

　江利は、楽笑と友美に挟まれて座っている。打ち上げについてきた旬はどういうわけか、楽笑とチェリーさんの間に座を占《し》めた。クリスマスや誕生日を無視しやがったのは、こいつだ。その旬のほうを見ないように、記念日という記念日が大嫌いな胸の内を告白した。

「わたしも、それ、あるなあ」

　斜め前にいるすみれさんが、ゆっくり言った。

「わたし、外科医院で働いてるんです。で、お祭りとかクリスマスとか人が楽しんでいるときほど、救急車で運び込まれる人が多くて」

「わたしもよ」

　友美がしんみり、口を出した。

「わたしの場合は、そのおかみさんみたいな人たちと付き合うことが多いじゃない。お金がないから治療が受けられないみたいな話を聞いたあと、気持ち切り替えて、クリスマスだ、忘年会だ、ぱーっと騒ごうなんて、できないよね。そんなこと、多い」

友美がヤンに夢中になったのは、彼なら忘れさせてくれるからだ。江利は今になって、そのことに思い至った。ヤンはあまりにも、友美の日常とかけ離れた存在だった。ヤンと過ごすとき、友美はクライアントから伝染《うつ》された暗い気分を完全に洗い落とすことができたに違いない。

江利の場合は、それに比べるとちょっと小さい。人がロマンスで盛り上がっているとき、自分だけ、はずされている。江利の恨みは、そこにある。だから、生活苦から「大晦日なんか大嫌い」になったおかみさんの切実さを重ね合わせるのは、失礼というものかもしれない。

でも、初めてこの部分を聞いたとき、江利はぐっときたのだ。

みんな、あんなに楽しそうなのに。他の人は幸せそうなのに、なんで、自分だけ……。

そのとき感じる寂しさ、つらさに、状況の不幸度による高低《たかひく》はないはずだ。江利は、そう言いたい。

さて、大晦日が大嫌いだった女房だが、今年ほど楽しみな大晦日はなかったと言う。その日が来たら、勝五郎に告白して謝ろうと決めていたから。

すべてを知った勝五郎の反応、そして、酒を勧められ、飲もうとしてやめる、有名な

「また、夢になるといけねえ」のサゲまでの演出も、人それぞれだ。

「ぶつなと蹴るなと、好きにしておくれ」と言われた志ん朝版の亭主は「そんなことをしたら、ばちが当たって、俺の腕が曲がっちまわあ。よくだましてくれた。ありがとうよ。女房大明神《だいみょうじん》」とはっきり口に出して感謝する。

小三治の勝五郎は「俺はこれからおまえのことを女房じゃなく、親だと思うぜ」という言葉で、従わせる者から、自分が従うべき存在にまで格上げすることを誓う。

だが、さん喬版の勝五郎は、女房への感謝を口にしない。ただ、頭を下げる女房に向かい、ぼそっと言う。

「お手をお上げんなって」

江利はいつの間にか、さん喬の真似をして、しゃべっていた。

「小よしさん、そのときの所作は、こう」

楽笑が、両の手の平を上に向けてみせた。

この「お手をお上げんなって」という台詞はほとんどの演者が使うもので、いざとなると決まり悪くなって、他人行儀な物言いをしてしまう江戸っ子らしさが微笑ましく、愁《しゅう》嘆場《たんば》に笑いを呼び込む優れた演出だ。この一言に思いを込めるのはどの演者にも共通していて、ここは聞き所でもあると、解説もついた。

打ち上げの座敷がいつしか稽古の場に変わってきたが、そこは同好の士の集まりだ。誰もそのことに異を唱えず、むしろ、身を乗り出して聞いている。

だが、江利は聞かれていることを忘れ、さん喬版『芝浜』の再現に夢中になった。

さん喬の勝五郎は、女房に「ありがとうよ」を言わない。その代わりに、よちよち歩きを始めた子供が出てくる。勝五郎が改心して仕事に精を出すようになってから生まれた子供だ。

「おーい、きん坊」

江利は小上がりの、今は襖《ふすま》が取り外されているあたりに視線を投げた。

子供の姿を思い描く。

肩あげ、裾あげをした短い着物を着た幼子が、張り替えたばかりの障子《しょうじ》に指を突っ込んで、つかまり立ちしている。てっぺんでひとつに結わえた髪の毛が、小鬼の角《つの》みたいにちょんとおっ立っている。

「ダメだ。ダメだよ。障子に穴開けちゃ。こっち来い、こっち来い」

右手を振って、呼び寄せる。子供がこっちに、よちよちと歩いてくる。転ぶ前に、両腕を一杯に伸ばして抱き留めて、膝まで導く。

「えんこ、えんこ」

膝に座らせ、横から顔をのぞき込む。そして、子供に話しかける。

「ほーら、この人がおまえを産んでくれたおっ母さんだ。おっ母さんだぞ」

これが勝五郎の、女房への感謝の言葉だ。

そこから、サゲまでの部分。女房に酒を勧められ、志ん朝も小三治も、酒との再会に欣《きん》喜雀躍《きじやくやく》する飲んべえ亭主の本性をたっぷり見せる。

大好きな、飲みたくてたまらなかった酒。しかも、今度ばかりは女房公認だ。自分が飲ませろと言ったんじゃない、おまえが飲めと言ったんだからなと、そこはついさっき、女房を大明神だの親だのと認識し直した手前、先に確認をとっておいて、喜色満面で湯呑みにたっぷりの酒を口元まで――。

長い間があって、亭主は湯呑みをおろす。

だが、さん喬版の勝五郎は、もっとあっさりしている。CDで聞いただけの印象だが、江利はやってみた。

目の前に実際にグラスがあるが、江利は自然に右手を丸めて、湯呑みを持つ形を作った。少し持ち上げて、しげしげと中を見る。くすっと笑って「こんな色、してたっけな」

そして口元に持ってくる。首を前に突き出して、口からお迎えの姿勢。これは、酒飲みを演じるときのやり方として、楽笑が常々教えているものだ。

しかし、ここまでで唇を引き締め、納得した顔で小さく頷いて、さっと湯呑みを下に置く。

「やめた」

女房は少し悲しげだ。

「やっぱり、あたしのお酌じゃ、おいしくないかい」

「そうじゃねえよ」

へへッと照れ隠しの笑い。

さあ、サゲの一言だ。

サゲはたいがい、客の正面を切って言われることが多い。だが、これだけはまっすぐ前を向いて言えない。さん喬が実際にどうやっているのか、見たことがないから知らないが、今、この場面をやっている江利は、顔を上げられない。

おまえは大丈夫だと言ってくれるが、俺はまだ、自信がない。ここで飲んじまったら、また、元の飲んだくれに戻ってしまいそうだ。そうなったら、今度は、この平穏な幸せが夢になる。そんなことになったら、ダメな自分を誰よりも、自分が許せない。

そう思っていることを、女房に知らせたいのだ。だが、顔を見て、ちゃんと言えない。

だから、うつむいて、でも、笑いながら、ぼそりと。

「また、夢になったら、どうするんだい」

「わー、江利ちゃん、『芝浜』マスターしたの。すごい、すごい」

友美が拍手したので、江利は我に返った。みんなが口々に、何か言っている。江利はぼんやり、目をしばたたいた。

『芝浜』のサゲは、「また、夢になるといけねえ」がスタンダードとされている。「また、夢になったら、どうするんだい」というのは、ちょっとした違いだが、違うというだけで江利には新鮮だった。ちょっと変わってるなと思っていただけなのに、今やってみたら、いったん飲んでしまうとまた酒の誘惑に負けてしまいそうな自分に恐怖する勝五郎の気持ちがわかった。

わたしだって、そうだ。ダイエットが、いい例。

ちょっと体重が減ったら、そこで喜んで、じゃあ、ちょっとだけなら、ケーキ食べてもいいよねと自分に許して、あとはなしくずし。

バーゲンセールや通販で必要ないものを買い込んでしまうのも、春菜嫌いが顔に出るのも、同じこと。何度も、やめようと心に誓うのに、ちっとも改まらない。勝五郎のように、生活そのものを脅《おびや》かすほどの悪癖ではないにしろ、こうと決めたら貫き通す強さなんか自分にはないという自覚は同じだ。

また、夢になったら、どうするんだい――。

勝五郎は、自分にそう言っている。

おまえ、この穏やかな暮らしを失くしても、いいのか。いいわけ、ねえだろう。よしな、よしな。酒なんぞ、生涯、やめちまえ。

サゲを言い終えたあとも江利の中では、自分に言い聞かせる勝五郎の内心の声が響いていた。

女房に気持ちを重ねていた江利が、最後には勝五郎になった。これまでは、噺の中の誰か一人にしか感情移入できなかったのに、たった今、女房から勝五郎に気持ちが行き来した。二人の気持ちがわかった。

その不思議さに、江利は言葉を失った。

「江利ちゃん、今度は『芝浜』やるの」

「まさか。全部、覚えてないもの。今のところだけ」

ぼんやり答えながら、さっき、障子の桟《さん》につかまって立つ子供を想像したあたりに目をやった。

もう、何も見えない。追加注文を取りに来た店の男の子がしゃがんでいる、ただの現実があるだけだ。

寂しい。そう思った。

あの子は、そこにいた。わたしは勝五郎で、そのおかみさんでもあった。でも、みんな、行ってしまった。

「この次のお稽古日で、きょうのビデオを見ながら反省会しまーす」

チェリーさんの言葉に、華やいだざわめきが盛り上がった。江利は作り笑いを浮かべ、無意識にグラスを口に運んだ。でも、グラスは空っぽだった。

3

中年過ぎの主婦や社会人ばかりのせいで、打ち上げの会は九時前にお開きとなる。二次会もない。

江利は個人的に二次会をするつもりだったが、旬がいることで気を利かせた友美が用事があるとかなんとか適当なことを言って、さっさと帰った。

「軽く飲むか、お茶でもする?」

珍しく、旬のほうから持ちかけてきた。江利に否《いな》やはない。楽笑とチェリーさん、そして仲間たち一人一人と挨拶を交わしてから、二人で歩いた。

どこに行こうかと訊かれたが、答えられない。どうでもよかった。江利の中には、理由のわからない静かな興奮が渦巻いていた。

旬は結局、いつものファミレスを選んだ。そこなら何でもあるからだと言うが、つまりはそこしか馴染みの店がないということだろう。とことん、欲望と好奇心の幅が狭い男である。

まあ、いいか。チャラチャラ・サラリーマン、崎川みたいに、気難しい板《いた》さんと友達付き合いしているのを自慢するグルメ気取りより、江利的には、ましだ。

崎川は、接待向きにできている。かつて江利を悩ませたミスター文句、渋井を、接待攻撃で落として、今やお友達としてつるんで夜の町を徘徊《はいかい》するまでになった。それはいいが、付き合いのすべてを接待費で落とそうとして、部長に冷たく突き放され、江利に取りなしを頼んできたときには、その図々《ずうずう》しさにあきれると同時に吹き出さずにいられなかった。

以前の江利なら、怒りを爆発させて面と向かって罵倒し、部長に言いつけ、それでも足りずに腹立ちを引きずって、毎日皮肉りまくっただろう。そのせいで、わだかまりを残し、職場の空気にも悪い影響を与えたに違いない。でも今は、物事の滑稽な側面が目に入る。どんなことも見方を変えれば、笑い話になるのだ。

いつものファミレスで水っぽいライム・サワーを飲みながら、江利はしみじみ、旬にその発見を話した。

「これも、落語やったおかげかもね」

江利が言うと、ピスタチオの殻をむいていた旬は軽く頷いた。

「そうだろうね。落語って、対立する人物っていうのが必ず出てくるから、やってるうちに反対側の見方が自然に身につくんだよ」

そうだったのか！

なんでも理屈で整理したがる旬の癖には辟易《へきえき》していたが、今度ばかりは目を開かれた。

そうだ。そうだよ。無学な職人夫婦と、物知りのご隠居さん。抜け目のないやつと、穴だらけの与太郎。ダメ男にしっかり者の女房。度を超したせっかちと、超のつくのんびりや。落語は、対立する性分を一人の人間が演じ分ける話芸だ。

「わたし、人生勉強してたんだね」

かなり感動した江利だが、旬はフンと鼻で嗤った。

「そんなこと言っちゃ、野暮だよ。人生勉強っていうと、文部科学省推薦みたいになるじゃない。人間国宝もいる世界だけどさ。落語の凄みは、そんなきれいごとをひっくり返すクールさにあると思うな」

あら、言うじゃない。まったく、すぐ、えらそうになるんだから、油断も隙もありゃしない。でも、こと落語に関しては、わたしのほうが一日の長あり、だわよ。

「クール、クールって、ずっと言ってるけど、旬は落語聞き始めて、半年にもなってないじゃない」

「だから、何もわかってないってことにはならないだろ」

へ理屈なら、負けない男である。旬は嬉しそうに、持論の「落語はクールだから、いい」説を開陳《かいちん》した。

『芝浜』も旬は、『子別れ』同様、あえて愁嘆場を作らない志ん朝が好きだという。涙のツボといえる子供を出さず、女房が泣き崩れない志ん朝の演出は潔《いさぎよ》い。

「センスが都会的なんだよ。クール、そしてハードボイルドだ。志ん朝は、かっこいい」

もう、手放しである。だが、旬なりに文献などで調べた結果、噺の中で一番のお気に入りは、志ん朝が手がけていない（少なくとも、音源がない）大ネタ『らくだ』だ。

らくだと呼ばれるやくざ者が死んだところから始まるこの噺には、善人が一人も出てこない。らくだの兄貴分に脅されて、弔いの準備に駆け回るくず屋も、やがて酒乱の本性を現す。弔い用に大家に出させた酒で酔っぱらった二人は、らくだの死骸を焼き場に運ぶが、途中で落っことしてしまい、かわりにこれも飲んだくれて道端で眠りこけていた願人《がんにん》坊主《ぼうず》を火の中に――。

とんでもない噺だ。徹頭徹尾《てっとうてつび》、救いもなければ教訓もない。それでも、笑いどころがある。

「これは、すごいよ。円朝作の欲と恨みの因縁がどこまでも続く怪談噺もすごいけど、『らくだ』は生きてる人間の噺だからね。もっとも一人は死体だけど、死体が出ずっぱりっていうの、すごいじゃない」

「死体が出ずっぱりなら、『粗忽長屋』だって、そうよ」

ついムキになって、江利は対抗した。学術肌の旬と互角に張り合うなんて、今までなかったことだ。ちょっと、いや、かなり、嬉しい。

「ああ、抱かれているのは俺だけど、抱いてる俺は誰だろうってやつね」

さすが、短期間でも集中学習したらしく、旬は即座に受けて立った。

「あれは、確かに傑作だ。でも、勘違いの極地の笑いだから、『らくだ』と比べると凄みが違う」

「『らくだ』と『粗忽長屋』ではレベルが違うみたいな言い方、絶対、反対」

江利は強硬に言い返した。

「まあね」

旬はあくまで、さらりと受け流した。

「両方あるのが、落語の懐《ふところ》の深さ。だろ」

「そうよ」

なぜか、胸を張ってしまう。まるで、自分のことみたいだ。

「で、僕としては『らくだ』をやってみたいと思う」

「え？」

「今日、発表会に男が出てたじゃない。だから、楽笑さんに教室参加、申し込んだ。この次から、僕も行くよ」

「本気？」

「やると言ったら、僕はやる」

何事によらずクールにいきたいと言っていたわりに、けっこう熱上げてるじゃない。

でも、生まれながらに欲と好奇心の幅が狭く、腰が重いぶん、いったんその気になったら簡単には投げ出さないのが、旬という男なのかも。先が見込めないとわかっていても翻訳の仕事をやめないのが、その証拠ではないか。

江利は旬のことも、少し見直す気になった。

「でも、最初にやるのは『寿限無』よ」

「ああ、今日、江利がやったやつね」

「他にも、二人やったでしょ」

「うん。ヘタだったね」

ふふん。江利は、これ見よがしに薄笑いしてやった。

「ただ聞いてるのと、実際にやるのとは大違いよ。上下《かみしも》つけるって、わかる？」

「知ってるよ。舞台の客席から見て右側が上手《かみて》だろ。下手《しもて》が左側。歌舞伎の花道は下手にあって、人物は必ず下手からやってくる」

さすが、調査は行き届いている。

「じゃあ、やってごらんよ。熊さんが、ご隠居さんの家に来る場面。基本だよ、ほら」

演出家のように、パンと手を叩いた。旬は少し考えて、首を左に向け、ひょこっと前に突き出して「こんちわー」。そして、右に首を振って「ああ、熊さんかい」

「違うんだなあ」

江利はふんぞり返って、ダメ出しをした。

「熊さんは、ご隠居さんの家の前に立ってるの。まず、場を想像しなきゃ」

ここぞとばかり先輩風を吹かせた江利は、上半身をまるごとひねって、家の中をのぞき込む形を作った。発表会の高座でやった通りに。

「こんちわー。ご隠居さーん。いらっしゃいますか、と、こうやるでしょう。次に、こっちを向いて」

右を向き、横目を使ってうかがうと、旬が真剣に見つめている。ウヒヒ、いい気持ち。

「ご隠居さんは、人が来るのが嬉しいの。熊さんのことが好きなのよ。だから、もっと歓迎する。こんな風に」

心持ち身を乗り出し、片手で差し招く。

「これはこれは、熊さんじゃないか。どうしたい。さぁさ、こっちへお入り」

言ってから、江利は自分の右手を見下ろした。楽笑に教えられたとおりにやっただけだが、今、気付いた。

こっちへお入り。そのとき、膝の上あたりに差し出した右手は、手の平を上に向けて「ここ」を示している。

落語の世界は、現実ではない。でも、現実とは地続きだ。

戸はいつだって、開きっぱなし。興味がなければ通り過ぎるだけの道筋で、あるとき、ひょいとのぞきこんだら、待ってましたと声がかかる。

こっちへお入り。そこにお座り。どうした。何があったんだい。おまえさんの話を聞こうじゃないか。

落語の世界は、そうして始まる。

「こっちへ、お入り」

真面目な面持ちの旬が小声で何度も言ってみては、続く所作にトライしている。江利は小さな笑みを口元にため、それを見守った。

しめしめ。入ってきたな。

「あのさ、高座名、自分で考えるのよ」

「え、そうなの。江利は、なんだっけ」

「プログラム、見てよ。ほら」

秋風亭小よし。旬は口に出して読んだ。

「ちょっと粋じゃない。そっかあ。僕はどうしようかなあ」

宙を睨んで考える顔に、早くもニヤニヤ笑いが滲んでいる。また、小難しいことを思いつくんだろうな。

そんなことより、秋風亭小よしさん。次は一体、何をやる？

『子別れ』も『芝浜』も『佃祭』もかじっただけ。だけど、あれらの人情噺を本格的にやるのは、ちょっときつい。なんたって、素人ですからね。まず、面白い噺をちゃんと面白く語りたい。それに、旬にえらそうに教えてるけど、実は上下をつけるのがやっとで、そばを食べるときの箸《はし》使いやどんぶりの持ち方、すする音の出し方といった所作はまったく身についてない。

　ま、それはおいおいね。ネタを覚えながら、ということで、次は何に挑戦しようか。『厩火事《うまやかじ》』がいいかな。『あくび指南《しなん》』もいいな。『天災』も、けっこう好きなんだよね。それよりなにより、生で、もっと、いろんな噺家の高座に触れなきゃ。見たい聞きたい知りたい欲が、むくむく湧いてるぞ。理解力もついてきてるし。

　おー、感動。三十過ぎて、じり貧どころか、大きく成長しているわたし！

「江利、あれ、教えてくれよ。寿限無寿限無」

　旬に言われて、我に返った。旬はボールペンを構えて、書き取る姿勢だ。真剣な顔でこっちを見ている。

　旬が江利に教えを請う。こんな日がやってこようとは、ついこの間まで夢にも思っていなかった。

　サンキュー、落語大明神。

　江利はニンマリほくそ笑み、おごそかに口を開いた。

秋風亭小よしこと、江利の知ったかぶり落語用語解説　その八

『代書屋』　字が書けない者が多かった時代、履歴書などを書いてやるのが代書屋。上方発祥のネタで桂枝雀で有名になった。柳家権太楼が東京に移し替え、枝雀の表現を取り入れつつ、自分のネタに再生して演じている。

立川談志《たてかわだんし》　七代目（自称五代目）。落語立川流家元。五代目柳家小さんに弟子入りし、際だった個性とうまさで、志ん朝とともに時代の寵児《ちょうじ》となった。一九七一年参議院に当選、沖縄開発庁政務次官に就任するも、舌禍《ぜっか》で即辞任。七八年には落語協会脱退、立川流創立と、破天荒《はてんこう》な行動で常に話題を振りまいていたが、噺の天才であるのは確かで、談志好きはファンというより信者に近い。二〇一一年惜しまれつつ逝去。

柳家《やなぎや》さん喬《きょう》　五代目小さん門下。やる人がいなくなった噺を掘り起こして端正に演じる

一方、一番弟子である喬太郎《きようたろう》作のぶっとび現代落語にも挑戦するなど、きわめて求道者《ぐどうしや》的。正反対の芸風を持つ権太楼とは、長く二人会を催して切磋琢磨《せつさたくま》する間柄。二人が揃って出る上野鈴本《うえのすずもと》恒例の夏祭りは、毎度長蛇《ちようだ》の列です。

あとがき

　わたしはありがたいことに昭和二十八年生まれで、テレビやラジオから日常的に落語が流れる子供時代を過ごしました。文楽、志ん生には間に合いませんでしたが、小さん、円生らの円熟の芸と同時に、若くてかっこいい志ん朝、談志の歯切れよくスピード感溢れる高座を、ブラウン管（というのも古いね）を通じて楽しんだものです。後に現れた桂枝雀は、まさに衝撃。あの人は今も「マイ・ワン・アンド・オンリー」の噺家です。

　とはいえ、地方在住のせいもあり、寄席に通い詰めるほどの落語ファンではありませんでした。そんなわたしが落語小説を書こうと思い立ったのは、偶然知り合いになった広島の噺家夫婦、黄金家《こがねや》鉄兵《てっぺい》＆ぷち亭《てい》とまとさんが落語教室を開いていると聞いたからです。落語を習いに来るのは、どんな人たちなんだろう——そうした好奇心から、この小説が生まれました。

　落語マニアに言わせれば、「これはおかしい」という表現が多々あることでしょう。なんで柳家ばっかり出てくるんだ、という批判もあるでしょう。それはひとえに、作者の偏愛から生じています。責任は、平にあります。でも、笑って許してね。

実在の落語教室に材をとりましたが、作中の楽笑《らくしょう》、チェリーさんはじめ受講生たちのキャラクターをお借りしたものの、言っていることや私生活面などは平の創作ですので、混同なさらないようお願いいたします。モデルとして好き勝手にいじられることを許容してくださった鉄兵さん、とまとさんと「寿限無の会」のみなさまに感謝いたします。あなたがたの豊かな個性がなければ、この小説を最後まで書ききることはできませんでした。

定席《じょうせき》があるのは東京と大阪だけですが、ＣＤやＤＶＤが出ていますし、ネット上にも落語サイトがあります。また、どこの街にも楽笑のようなノンプロの噺家がいて、演芸会を開催していることを書き添えておきます。落語はいつも「そこ」にあって、「こっちへお入り」と呼びかけています。

知れば知るほど、落語が描く人間の物語は深く、怖く、温かい。わたしたちを取り巻く状況は常に厳しいものですが、落語頭があれば乗り切れると、わたしは信じているのです。

平　安寿子

解説――二足の草鞋《わらじ》――噺家として、会社員として

黄金家《こがねや》　鉄兵《てっぺい》（アマチュア噺家）

二〇一〇年八月末、なんでも気象観測開始以来一一三年ぶりだとかのとんでもない猛暑の夏でしたが、まだまだ残暑厳しい中――。

本書『こっちへお入り』の解説文を書いて欲しい、と出版社からの依頼が！！！

少し考えて……いくら考えてもたぶん一緒なのだが。

俺には無理、だってやったことないもん！　ぜったい無理！

うちのかみさん（プチ亭とまと・チェリーさんのモデル）に相談してみると。

「やってみたら？　なんとかなるんじゃない？　いままでもそうやって結構人生それなりにやってきたんだから」とつれない。でもさすがに的《まと》を射ている言葉、「じゃあ、やってみるか！」と、この鉄兵にあとがき解説文を書かせるというとんでもない試みに挑戦する次第。

あっ、どうも申し遅れました。私、黄金家鉄兵と申しまして実は誰あろう本書『こっちへお入り』、楽笑《らくしよう》のモデルであります。広島がホームタウンで、現在は東京で寂しい？（ホントはとっても楽しい）単身赴任中。

思い起こせば大学一年の春から五十あまりになる現在まで、紆余曲折《うよきよくせつ》はあったものの、いつも落語が側にあったな〜。大学時代に学業はそっちのけで落語一筋の清く明るい学生時代を送り噺家《はなしか》になることも一瞬頭をよぎりながら社会人の門をくぐる。

その後人並みに結婚し、子供が生まれて、とバタバタの十数年ほどのブランクの後、再度本格的に落語をはじめたのは九〇年代中ごろのこと。落語関係の仲間から「また昔のようにやってみないか？」と声をかけられ、この時もかみさんに相談、やっぱり「やってみれば〜？　なんとかなるんじゃない！」と言われ、「じゃあ、やってみようかな」と思っているうちに同じように誘われたかみさんの方が先にデビュー、度胸の良さと決断の早さは主婦にしておくのはもったいないくらい、こちらはあーでもない！　こーでもない！と言ってるうちに遅れて出発！　これが再登板の真相。

昔はおれの弟子だったかみさんが、逆に完全に指導的立場にいるのがただいまの実態だ。

その後広島市から落語を通じて「男女共同参画社会」についてワークショップを開いて

くれないかと依頼を受けた。今思えば落語の世界って男の世界を男の目線で表現している文化なんだよね～、男女共同参画社会なんて全く反対の世界の話！　そんな無茶な教室をいつの間にか純粋な落語教室によく変えていったもんだと自画自賛したりして……そんな感じで落語教室を始めて三年くらいたったときに東京転勤、それ以来かみさんが教室を支え続けています、本当に頭が下がります。たぶん俺だったらすでに投げ出してたかも？

「よくがんばってるな！　エライ！！」

でもそんなことは恥ずかしくて言えない、口が裂けても言えない！　ってなんだか落語「替り目」の夫婦みたい。

思い出してみれば本書の著者・平安寿子《たいらあすこ》さんとの関係も、不思議な縁がきっかけだ。七～八年前の冬、平さんが地元のラジオ局の番組でパーソナリティを務めていたところになぜかゲストで呼んでいただき、番組内で小噺を話したりしたのですが、なんだかんだそれからのご縁、しかしなんで俺だったのかな？　宿命？　天命？　平さん、私を選んだこと、それがあなたの「天災」ですよって、ところどころでネタをかましたりするうちに、その後、小説の題材として落語教室への取材要請がありました。取材や寄席があるたびに打ち上げと称し平さんを囲んで教室の仲間たちと「寄合酒」のように飲み倒し、今日に至るってところ。

しかし教室には個性豊かな人たち、まさに「長短」のように気の長い人や短い人、十人寄れば気は十色な人たちが集まり(そんな人たちじゃないと落語教室に来ません)、最初はみな不慣れなもんでモジモジもじもじ(私のふるさとは門司《もじ》です、これは本当の話)、声は出ないし所作《しよさ》(手付き)とせりふが一緒にならないし。それがいつしかやればやったでめきめきと上達、今ではそれぞれ地域の寄席に呼ばれて出演する人が出てきたとか、誠に恐れ入ります。

そんな普通のおじさんおばさんを、小説の題材として平さんに取り上げていただき、感謝感激、これで本が売れれば言うことなし!!

このまま死ぬまで落語と付き合っていこうと思いつつ、ふり返ると広島にいたころは年間に一〇〇席ほども高座で口演し、仕事と落語、どっちが本業か分からなくなりそうなこともあったな~。で、いまは東京と広島を行ったりきたりで、普段は仕事も頑張って、東京では寄席めぐり、ホール落語会荒らし。津々浦々、落語のあるところに出没し、その間に落語を演《や》るのがいまの自分にはちょうど良い。

そこで気付いたこと。何事もやりすぎは良くない!　やりすぎると壊れるし、やらなければ忘れてしまうってこと。それから大事なことは「寝床」(客を無視して自分だけの桃《とう》源郷《げんきよう》に入ってはいけない！）になってはいけない、凝《こ》っては思案になんとやら……稽古、稽古！　を胸に刻んで、なんでもほどほどが一番。

ただね〜。年とともにネタが覚えられない、そのくせにすぐ忘れる、これって粗忽者の物忘れ？「堀の内」みたい、あ〜情けない。

そんな悲惨な努力（？）をしながら、落語と仕事の二足のわらじを履《は》き続けています。

考えてみれば、落語以外のことに人生を捧げていたら、今の環境、生活自体がまるっきり違うものになっているだろうし、友達から何から何まで変わってるだろうな。だって俺の友達、知人ほとんど落語関係者（プロ、アマチュア、問わず、落語好き含めた）だもんね。考えると空恐ろしいくらい。今現在も落語関係の仲間は増殖中です。

もし、人生をもう一度やり直すとしたら何がやりたい？って聞かれても、やっぱり自信をもって『落語』ってこたえるだろうけど。

皆さんも是非一度、落語に触れてみてください、聴いてみてください。

ただし生の本物に限ります。偽者に当たると食べたくなくなります、「酢豆腐」のように。

本物に触れ感動すると、あなたもこの『こっちへお入り』の登場人物のように、落語教室に通って落語を演じてみたくなることうけあいです。

　この本の登場人物や行動・生活はフィクションであり、同時にドキュメントでもあります。私たちは今もこの物語のように毎日毎日、生活し活動しています。たぶんずっとずっと死ぬまで元気でやり続けていきます。

　よかったらあなたもこの本を読んで、ちょっと落語の世界をのぞいてみませんか？　そのときはどうぞ私たちの仲間に加わって『こっちへお入り！』ください。

（この作品『こっちへお入り』は平成二十年三月、小社より四六版で刊行されたものです）

一〇〇字書評

こっちへお入り

切り取り線

購買動機（新聞、雑誌名を記入するか、あるいは○をつけてください）

□（　　　　　　　　　　　）の広告を見て	
□（　　　　　　　　　　　）の書評を見て	
□ 知人のすすめで	□ タイトルに惹かれて
□ カバーが良かったから	□ 内容が面白そうだから
□ 好きな作家だから	□ 好きな分野の本だから

・最近、最も感銘を受けた作品名をお書き下さい

・あなたのお好きな作家名をお書き下さい

・その他、ご要望がありましたらお書き下さい

住所	〒				
氏名		職業		年齢	
Eメール	※携帯には配信できません	新刊情報等のメール配信を 希望する・しない			

この本の感想を、編集部までお寄せいただけたらありがたく存じます。今後の企画の参考にさせていただきます。Eメールでも結構です。

いただいた「一〇〇字書評」は、新聞・雑誌等に紹介させていただくことがあります。その場合はお礼として特製図書カードを差し上げます。

前ページの原稿用紙に書評をお書きの上、切り取り、左記までお送り下さい。宛先の住所は不要です。

なお、ご記入いただいたお名前、ご住所等は、書評紹介の事前了解、謝礼のお届けのためだけに利用し、そのほかの目的のために利用することはありません。

〒一〇一・八七〇一
祥伝社文庫編集長 坂口芳和
電話 〇三（三二六五）二〇八〇

祥伝社ホームページの「ブックレビュー」からも、書き込めます。

http://www.shodensha.co.jp/bookreview/

祥伝社文庫

こっちへお入《はい》り

平成22年12月20日　初版第1刷発行
平成25年 4 月24日　　第10刷発行

著　者　平《たいら》　安《あ》寿《す》子《こ》

発行者　竹内和芳

発行所　祥伝社《しょうでんしゃ》
東京都千代田区神田神保町3-3
〒101-8701
電話　03（3265）2081（販売部）
電話　03（3265）2080（編集部）
電話　03（3265）3622（業務部）
http://www.shodensha.co.jp/

印刷所　図書印刷
製本所　ナショナル製本
カバーフォーマットデザイン　芥 陽子

Printed in Japan ©2010, Asuko Taira ISBN978-4-396-33627-1 C0193